O OUTRO LADO DA LUA

novela curta

O OUTRO
LADO
DA LUA

SÉRGIO DANESE

O OUTRO LADO DA LUA

novela curta

TOPBOOKS

Copyright © 2017 Sérgio Danese

EDITOR
José Mario Pereira

EDITORA ASSISTENTE
Christine Ajuz

REVISÃO
Miguel Barros

PRODUÇÃO
Mariângela Felix

CAPA
Miriam Lerner

DIAGRAMAÇÃO
Arte das Letras

CIP-BRASIL CATALOGAÇÃO NA FONTE.
SINDICATO NACIONAL DOS EDITORES DE LIVROS, RJ.

D180

    Danese, Sérgio
    O outro lado da lua / Sérgio Danese. – 1. ed. – Rio de Janeiro: Topbooks, 2017.

    158 p.; 23 cm.

    ISBN 978-85-7475-268-6

    1. Novela brasileira. I. Título.

17-44860   CDD: 869.3
                                                        CDU: 821.134.3(81)-3

TODOS OS DIREITOS RESERVADOS POR
Topbooks Editora e Distribuidora de Livros Ltda.
Rua Visconde de Inhaúma, 58 / gr. 203 – Centro
Rio de Janeiro – CEP: 20091-007
Telefax: (21) 2233-8718 e 2283-1039
topbooks@topbooks.com.br/www.topbooks.com.br
Estamos também no Facebook e Instagram.

"Perdido é todo tempo que não se gasta no amor."
| TORQUATO TASSO

"Deus criou lugares com muita água para que os homens neles vivam, e desertos para que encontrem a sua alma."
| PROVÉRBIO SAARIANO

Para a Angie
Para o Charlie

I

Na primeira vez em que nos encontramos, trocamos apenas um olhar embaçado de indiferença. Devia ser muito cedo, de manhã, mas para mim era o fim de uma longa noite, cuja memória naquele instante se reduzia ao gosto ruim do álcool na garganta e ao cansaço acumulado pela madrugada em claro — nada que ajudasse a me dar um ar simpático. Tinha sido, como tantas vezes, uma noitada agitada, mas desinteressante, cheia de inconclusivas conversas de surdo encobertas pela música alta de algum lugar apinhado de gente solitária, servida por garçons em geral alheios, mas que às vezes exibiam um certo ar de enfado, de impaciência, de alguma irônica compaixão por aqueles guardiães de uma eterna noite de indefinida busca, sem começo, sem fim, sem ilusões, sem sabor.

Lembro-me de ter achado ruim que estivesse ali, sentado no degrau mais baixo da entrada social do meu prédio de luxo, com um ar que me pareceu, não sei por quê, de certa empáfia, mas que devia ser apenas timidez — não do tipo da minha, que me dava aquele jeito falsamente soberbo e me causava tantos problemas mesmo envolto na neblina de uma boa bebedeira, mas a timidez dos náufragos depois de completada a tragédia.

Não lhe prestei maior atenção, embora tenha estranhado a sua presença, que teria forçosamente de contar com a complacência ou mesmo a cumplicidade do porteiro; nem, como de hábito, diante de uma alma que me parecesse indigente ou abandonada pela sorte, fiz o meu usual gesto mecânico de levar a mão ao bolso para fingir que buscava alguma dádiva que não pensava em fazer ou que sabia não ter — e por que haveria de ter, nesse caso? —, apenas para desencargo de uma meia consciência preguiçosa e relaxada, pronta a esquecer desse tipo de visão passageira que tenta despertar um resto de humanidade adormecida e flácida que todos levamos dentro, uns mais, outros menos. Eu, certamente, menos.

Passei por ele e aguardei, um pouco cambaleante (imagino agora), que o porteiro, solícito, viesse me abrir o portão, com o seu amplo sorriso matinal e as suas palavras simples, mas cerimoniosas, que eu procurei retribuir balbuciando alguma coisa que parecesse uma gentileza, mas na verdade enrolando um pouco a língua, em involuntária denúncia do meu estado — como se a sua descrição precisasse de palavras.

Ele fingiu que nada notou e me deixou passar, correndo até o elevador para abrir-me a porta e despedindo-se de mim com um "seja bem-vindo" que me soou fora de lugar, certamente porque aquela seria a hora de eu estar saindo, não chegando.

— Boa noite, consegui dizer-lhe, sem nenhum propósito, acabando de me denunciar.

Fechado na claustrofobia vertical de todo elevador, tentei recuperar um pouco o prumo e o controle da situação, esquecendo completamente os dois instantes anteriores, o encontro na calçada e o porteiro solícito, gentilmente irônico na sua jovialidade matinal.

Passaram-se uns momentos e o porteiro voltou para abrir a porta do elevador, apertando, com um ar que me pareceu maroto, o botão do meu andar — detalhe que eu havia negligenciado por completo — e voltando a fechar a porta. O elevador então pôde seguir o seu trajeto de sacolejante ascensão e eu me preparei para entrar em casa, enquanto pensava na comodidade que era subir ou descer na vida apenas apertando alguns botões.

No hall do meu andar, perdi ainda algum tempo para encontrar a chave num dos bolsos e depois, com ela, a fechadura, numa paródia barata de alguma comédia imemorial.

Há séculos não há nada de novo no mundo dos bêbados e dos tresnoitados.

A minha casa era a Imagem do Caos ou, numa figura menos bíblica, mais prosaica e sem nenhuma originalidade, um simulacro da minha própria vida naquele momento. Parecia uma caricatura de casa de solteiro rico (ainda que faltassem o mordomo blasé, a governanta com um ar maternal e triste e, naturalmente, o próprio solteiro rico), com roupas de marca jogadas pelo chão, cinzeiros cheios, copos e pratos sujos espalhados, uma garrafa de cerveja ainda com metade do conteúdo sobre o piano manchado, uns restos de junk food — salgadinhos, batatas chips, "nachos", engasga-gatos, essas coisas — semeados pelos locais mais inverossímeis, a televisão ligada com um sujeito se esgoelando em imprecações contra o demônio e anunciando milagres a bom preço, o aparelho de som mudo, mas teimosamente piscando uma luzinha desconsolada e triste, janelas abertas para uma alegre brisa matinal, jornais destripados exibindo as suas entranhas sobre os sofás e, na cozinha, pia cheia e uma geladeira vazia, vingativamente vazia, onde me esperavam uns restos de pizza pouco convidativos, que acompanhei com café forte e fedorento, requentado, desses que espantam até lobisomem.

— Eca!, consegui articular.

Mais ou menos refeito da desagradável inquietação estomacal que insiste em acompanhar toda bebedeira, entrei apartamento adentro e só parei debaixo do chuveiro, depois de ter pedalado um pouco para tirar, de pé mesmo, a calça, os sapatos e as meias, porque a banqueta do quarto de vestir tinha uma pilha de pastas e fotografias em cima, impedindo-me de sentar-me, e estava tudo em uma grande desordem. Por que haveria fotos em cima daquela banqueta eu não fazia ideia. Em algum momento eu devo ter tido um acesso de nostalgia e revirado velhas fotografias em busca de algo indefinido, certamente, como costuma acontecer nesses momentos íntimos de desolação incontida da alma, em que uma imagem do passado pode trazer algum consolo, um sorriso, uma esperança, quem sabe.

A água no rosto e a sensação de atemporalidade que vinha com o ruído do chuveiro foram as primeiras impressões agradáveis que tive em muito tempo, provavelmente desde a última chuveirada, não me lembrava bem se na véspera ou ainda antes, mas pouco importava.

2

FIQUEI UM TEMPO QUE ME PARECEU ETERNO DEBAIXO DO CHUVEIRO, mas que não deve ter passado de alguns minutos, e saí duas vezes, a primeira com a cabeça ainda meio ensaboada, porque esquecera de enxaguá-la, e a segunda com algo mais de dignidade, para só então lembrar-me da toalha, que naturalmente não estava ali e sim, provavelmente, jogada em algum canto do armário.

Enquanto procurava com irritação cada vez maior uma toalha ou um pano qualquer em que me secar, tocou o telefone. Uma, duas, três, quatro vezes, e a voz aflautada da minha mulher, transformada em secretária eletrônica, declamou uma mensagem tonta sobre não podermos atender agora, "deixe o seu número, o dia e a hora da chamada e o seu recado, que ligaremos depois, até logo".

Enquanto o aparelho dizia todas aquelas obviedades (que um simples sinal indicativo de secretária eletrônica substituiria com vantagens, deixando ao frustrado interlocutor a incumbência de decidir o que acharia útil registrar ali – o nome, um recado, um arroto, um trote, um palavrão), eu procurava o telefone sem fio com o ar desolado de quem perde mais um jogo de cartas marcadas.

Finalmente, tendo encontrado por puro acaso o aparelho quase agonizante pelo longo tempo passado fora da base, consegui sobrepor a minha própria voz à da secretaria eletrônica, que terminava a inútil mensagem, e ainda a tempo de responder, esbaforido:

— Alô?

— O que você está fazendo aí?

Era o meu advogado.

— Estou aqui, chegando, consegui dizer, mas sem soar muito inteligente.

— Estou vendo; faz um tempão que eu estou ligando. Liguei para a agência; disseram que não te viam lá desde anteontem à tarde. Por que você não apareceu aqui na audiência?

Ia perguntando "que audiência?", mas o cérebro foi surpreendentemente mais rápido:

— Não deu, eu me atrasei, comecei a explicar, dando-me conta da trapalhada e tentando, pela força do hábito, mais um jogo de engodo.

— O juiz ficou danado da vida, disse que você era um desconsiderado, encheu o meu saco. Só não ficou pior porque a tua mulher começou a choramingar e ele acabou tendo de dar alguma atenção a ela. Atenção e razão, aliás, diga-se de passagem.

Ele tinha a mania de dizer "diga-se de passagem".

— A minha mulher, não. A minha ex-mulher... A minha futura ex-mulher, diga-se de passagem, precisei, depois de uma pausa hesitante e um arroto.

— Você está de fogo, não é?

— Mais ou menos. Já passou. Quer dizer, o pior já passou. Agora é a ressaca maldita. Que horas são?

— Nove e quinze. Marquei outra audiência. Foi um custo. Vou lascar a tua conta. Você é infernal.

— Puta que pariu, eu disse, encerrando a conversa, embora já achando que tinha exagerado.

Perdi o equilíbrio e fiquei de quatro no chão, tardando um pouco a achar o botão para desligar o telefone, que imediatamente se pôs a tocar de novo.

— Desculpa, eu fui logo dizendo. Eu estava um pouco nervoso...

— Não era eu, você não me disse nada, afirmou uma voz feminina, cheia de decisão. Eu sabia que você devia estar dormindo ou jogado em alguma calçada perto da rodoviária, com um cachorro te lambendo a cara. Devia ser a sua mãe que estava falando com você...

Era a minha mulher. A minha ex-mulher. A minha futura ex-mulher. Fiquei meio encabulado, perguntei "que cachorro?", emendei com um "não bota a mãe no meio", porque demorei a entender a referência à minha mãe, e ela continuou, um pouco menos amarga, dizendo mais ou menos o seguinte:

— Por que você faz isso? Por que a gente não acaba logo com essa história e pronto, em vez de ficar nesse jogo de gato-e-rato? Você, mesmo sem estar presente, deu um vexame lá no fórum. Coitado do teu advogado, a cara que ele fez enquanto o juiz espinafrava com ele e com você.

— Ele disse que quem deu escândalo foi você, forcei, acuado.

— Escândalo, nada, eu só reclamei com o seu advogado porque é a terceira vez que isso acontece e eu quero dar um basta nisso e você não deixa, você nunca deixa, você vai acabar me levando à loucura. E ainda me telefonou hoje de manhã, veja você, aquela sirigaita da secretária do teu chefe, que tem o desplante de ficar me ligando para perguntar pelo "queridinho" dela.

Ela também tinha a mania de dizer "veja você" e eu vivia me queixando das suas muletas de linguagem, do "diga-se de passagem" do próprio advogado, dos "enfim" com que amigos abriam frases absolutamente inconclusivas.

Como você vê, eu me queixo muito da linguagem dos outros. Mas deixe para lá.

Tentei retomar a iniciativa:

— A secretária do meu chefe é do meu chefe, não tem nada a ver; lá vem você com esse teu ciúme idiota, só porque ela me trata bem.

— Claro que te trata bem, você passa o dia dando em cima dela...

— Puta que pariu, eu disse, e bati o telefone, dessa vez no lugar certo, sobre a base, sem precisar procurar o botão.

Deitei-me no chão e deixei-me ficar ali, molhado mesmo, contando segundos que pareciam minutos e minutos que pareciam horas. Que mania têm as pessoas de olhar para trás e para os lados, e não para a frente, que é para onde deviam estar caminhando. A minha mulher era assim. Ex-mulher. Ela estava se separando de mim, mas ainda achava que podia implicar com a coitada da secretária que tinha de aguentar as minhas cantadas e não fazia parte do novelão mexicano que estávamos improvisando.

Fiquei ali largado, pensando essas bobagens, lembrando de como tinha sido a minha mulher e como era agora, sempre disposta a viver das rendas do passado — ela tinha "um grande passado pela frente", ri-me —, até que o incômodo da posição, o arrepio da pele úmida e aquelas lembranças e considerações me fizeram levantar e fazer alguma coisa. Eu também gostava de encerrar logo os assuntos que me aborreciam — sempre, claro, que tivesse esse poder.

3

Pus um roupão que encontrei na cesta da roupa suja e fui até a sala calçando chinelos pé-de-um-pé-de-outro. Sentei-me no sofá e repassei um pouco os fatos.

"Sinto o lugar em que estou e penso..."

Um autor um dia sabido de memória e que naquele momento, quem sabe por que razão, teimava em tirar-me o foco do que queria analisar. Como era fácil fazer a ficção ocupar o lugar do mundo real, tão suave, tão intensamente.

"Deus criou o mundo em seis dias e descansou no sétimo. Devia ter criado a literatura no primeiro e descansado os outros seis. Lendo."

Foi o que pensei.

A reflexão idiota me deixou um pouco perplexo:
— Estou pior do que eu imaginava, resmunguei em voz alta.

E tentei focalizar o raciocínio, amedrontado com o que, pela primeira vez em muito tempo de leviandade e indiferença pelo sagrado, pareceu-me uma blasfêmia.

Então, como dizem inconclusivamente na minha terra. A situação não era boa. Por teimar em devaneios noturnos, sem qualquer resultado prático e ainda com aquela ressaca toda que afinal era uma imensa chatice, tinha perdido pela terceira vez, naquela manhã, a audiência de conciliação no meu processo de separação, mera formalidade da Justiça, no nosso caso. Era a ficção, obrigada pela lei, de tentar remendar uma relação que tinha sido bonita por um tempo — da mesma forma que qualquer florzinha do campo é bonita como uma rosa durante alguns instantes — e depois passou a ser apenas uma história de insistente desrespeito recíproco, nas mínimas como nas grandes coisas. Uma história simples de caminhos, de destinos que se bifurcam, depois de se terem encontrado algum dia, contra toda probabilidade. Nada a estranhar, portanto, que estivesse acabando como estava, graças a uma decisão, devo reconhecer uma, duas, muitas vezes, tomada finalmente por iniciativa da minha mulher, que rompeu o ciclo cômodo das minhas inércias e mais uma vez funcionou como o lado decidido do casal. É. A minha análise, interrompida tempos atrás, deve estar finalmente funcionando para eu dizer tudo isso aí e nem ficar vermelho, de vergonha ou de raiva.

Então. Uma audiência formal, como tantas vezes acontece, um divórcio em que não há filhos, com separação de bens, nenhuma pressão por vantagens econômicas de nenhum dos dois — a minha mulher, a minha ex-mulher, as duas trabalham em publicidade, foram premiadas muitas vezes, são cortejadas por todo lado e ganham rios de dinheiro. As duas, não. Uma só. Elas são uma só. Eu me separo de uma e não fico com a outra. Graças a Deus. Uma situação de vencedor para os dois lados! Finalmente! E ainda elimino isso de que "ela também é publicitária". Não foi isso provavelmente o que acabou com a nossa relação, mas vá lá. Nunca se sabe. A competição ficava sempre implícita e eu sempre desconfiava do olhar das pessoas quando sabiam da coincidência...

Dentro da tristeza íntima que é todo fracasso, era o mais adequado dos mundos. E não era de desprezar-se a promessa de que o melhor dos tempos da minha vida ainda ficava adiante. De que ainda nem tinha chegado o primeiro dia do resto da minha vida. Bastava concluir o processo, mas ainda assim eu tinha conseguido empatar tudo, em uma pueril demonstração de resistência passiva, tão inútil como descabida, e que certamente valeria de algum amigo menos substancioso e mais sarcástico o comentário fatal — "Freud explica..."

De fato, Freud explica tudo, pensei. Só que a *posteriori*. Ainda vou escrever um livro chamado *Freud preventivo*. Isso sim é que vai ser livro de autoajuda. Tem de ser comprado pela sua mãe e pelo seu pai, que devem lê-lo juntos, em voz alta, de preferência muito antes do seu nascimento — não, da sua concepção —, e depois você herda o livro e lê prestando atenção em tudo o que eles grifaram e anotaram — claro, se eles finalmente tiverem decidido que você nasça, mesmo assim, depois da educativa leitura. A sua leitura atenta dos grifos e anotações à margem será a melhor parte da autoajuda. Isso, junto com suicídio-assistido, será a chave da felicidade no século XXI.

Quanta bobagem.

Ri da besteirada e retomei o meu raciocínio cambaleante. A perda da hora da audiência era o de menos. O advogado, pago a peso de ouro, "diga-se de passagem", ia marcar outra audiência e pronto, a conta subia um pouco mais, a gente terminava logo com aquela história e ia cada um para o seu lado, com boas recordações que o tempo se encarregaria de impor sobre as más, ou com más recordações que o tempo se esmeraria em sobrepor às demais, pouco importava.

Pronto.

O problema é que essa reflexão resolvia a questão daquela manhã, mas não a "desordem existencial" de que o bonito apartamento nos Jardins era uma triste e desgastada imagem.

Fiquei com uma certa pena de mim mesmo pelo uso íntimo de "desordem existencial", outra de tantas explicações fáceis que substituem explicações mais rudes, mas mais eficazes, para descrever certas situações de naufrágio.

— Toma jeito!, aconselhei-me, tentando mostrar-me um ar decidido e dando um leve soluço alcoolizado, um pouco desmobilizador nas circunstâncias, desmoralizante como todo sentimento de culpa e toda diminuição física deliberadamente buscada, carregada de remorso e mal-estar.

Fui até o piano, o meu esquecido refúgio em horas de indecisão e melancolia, e tentei tocar algo, inutilmente. Não havia muita inspiração, os dedos estavam enrijecidos pela falta de prática e eu acabei me enervando com umas notas de um Momento musical de Schubert, que teimavam em não se enfileirar na ordem certa. A minha mão direita começou a doer.

Encerrei o exercício com dois acordes violentos no meio do teclado, fechando a tampa do meu caríssimo Baldwin de meia-cauda — para a minha mulher, era só "uma peça de mobiliário chique", provocava-me ela —, e de repente lembrei-me do encontro daquela manhã, com uma ponta de raiva, mesmo — só explicável pela minha incompetência naquele mau momento musical, dada a indiferença com que havia quase passado por cima do vivente sentado na minha escada social.

— Vou ter que falar com esse imbecil desse porteiro. Que história é essa de deixar qualquer vagabundo ficar sentado ali na entrada?, resmunguei. Um prédio de luxo e já começa a se favelizar.

Voltei ao sofá e concluí, com um bocejo:

— A favela está na alma nacional, mesmo.

E adormeci, ali mesmo, no sofá, onde amarrei um sono profundo, sem tempo, nem ritmo, nem sonhos, nada. Um estado puro de inconsciência.

4

—Estou voltando da terra dos mortos, disse, ao atender ao telefone, que derretia de tanto tocar, sem saber ainda quem podia ser ou que horas eram.

É incrível como se pode ser tolamente sincero ao despertar.

—Voltando de onde?, disse, do outro lado da linha, novamente, uma voz feminina, que eu pensei ter reconhecido.

—Voltando da puta que te pariu, respondi, meio inconsciente, e bati o telefone, limpando a baba que me havia escorrido de lado e molhado um pouco a minha almofada de marca.

Olhei aquilo e fiquei pensando em quem compra "almofada de marca". Sério! A minha mãe fazia almofadas ótimas com uns paninhos velhos e enchia de estopa; eram confortáveis e aconchegantes e a baba de um bom sono não lhes causava nenhum dano ou sensação de perda ou desamparo material. Só deixava um cheirinho familiar. Almofadas de pano feitas em casa e colcha de retalhos! De quão longe eu vinha até chegar às minhas ridículas almofadas de marca, compradas, naturalmente, pela minha mulher, também a peso de ouro...

Bem, eu tinha batido o telefone e não sei bem por que fiz aquilo, mas acho que foi por ter achado que seria de novo a minha mulher, ou ex-mulher, ou as duas ao mesmo tempo, ubíquas e repressoras, as rugas prematuras do rosto marcando o mau humor que invariavelmente acompanhava nela toda contrariedade. De qualquer forma, não teve nenhuma importância, porque não deu meio minuto e o telefone tocou de novo.

Já mais desperto e atento, limpei de novo a baba do rosto, respondi com um tímido "alô?" e fiquei à espera do que viria dessa vez.

Era a secretária do meu chefe lá na agência.

— Acho que você está-me confundindo com alguém, ela disse, para grande constrangimento meu. Não sei o que está acontecendo, mas eu estava só ligando para dizer que o chefão aqui quer ver você o mais depressa possível.

Fez uma pausa e, como eu nada dissesse, continuou, afável:

— Você está bem?

Acabei de acordar de pura vergonha. A secretária do chefe era, além de uma graça de menina — um tremendo mulherão —, uma boa amiga minha, que levava com desprendimento e infinita bondade e paciência tanto o meu jeito excêntrico de ser — ela estava acostumada aos pequenos gênios da publicidade que desfilavam pela sua frente com empáfia, com arrogância, com estranhezas de todo tipo, alguns com enorme simpatia, outros com agressiva sedução, outros ainda com indiferença ou um ar distraído e alheio —, quanto as minhas seguidas e insistentes insinuações, que me teriam valido, em outro país mais sisudo e sem graça, mais de um processo por acosso sexual e cretinice chauvinista militante. Mas era uma mulher de bem com a vida e uma das poucas ali que me achavam divertido e se compraziam com a minha conversa fiada de sala de espera do chefe.

Nunca tive uma indicação sobre se o chefe sabia das minhas insinuações amorosas, mas acho que não, porque ele não tinha tempo a perder com bobagem ou então já se havia desinteressado desta secretária e andava cantando noutra freguesia, como diz a minha mãe — e isso que o cretino é muito bem casado, com uma modelo que tinha sido capa de revista por bom tempo, lembra-me ter-me revoltado...

— Você está vendo que muito bem eu não ando, não, não é?, fui logo sendo sincero. Passei a noite na farra. Quer dizer, se é que se pode chamar de farra ficar borboleteando como um idiota numa boate brega jogando conversa fiada fora, e agora estou aqui, na maior ressaca, sem ter conseguido pegar nem resfriado. E a minha ex-mulher já ligou para encher o saco. E o cretino do advogado também. O meu advogado, não o dela, que esse é um filho da puta dos mais refinados que há.

— Nossa, quanto adjetivo, você que diz que adjetivo não devia nem existir.

É verdade. Eu detesto os estúpidos e inúteis adjetivos. Mas nunca pensei que eu tivesse dito isso à secretária do chefe e que – pior – ela tivesse guardado isso na memória. A gente tem o direito de ficar calado. Tudo o que disser poderá ser usado contra a gente. Sábias palavras.

— Bem, o chefe quer ver você, continuou ela, eu te procurei pela agência toda até que me disseram que você estava aí em casa, a esta hora. Ah, e desculpa aí, eu liguei para a tua mulher, também, no celular. Ela não foi muito simpática e disse que não sabia onde você estava, nem queria saber. Uma pequena gafe minha. Sabe como é, loira burra...

Deu-me alguma vergonha, um constrangimento, pela minha mulher, ou ex-mulher. Ela sempre fazia isso. Era dura com as pessoas e eu ficava com cara de idiota. Na maior parte das vezes eu nem ficava sabendo, o que fazia a cara de idiota parecer pior ainda, certamente.

— É, eu já percebi. Quer dizer, não que você é loira burra, que não é, mas que você tinha ligado para a minha mulher. A minha mulher, não, a minha ex-mulher, que agora eu vou poder me casar com você, finalmente.

E esperei, matreiro, para ver o efeito.

Ela ficou em silêncio.

— "Start spreading the news", cantarolei, engasgando no segundo verso, provavelmente porque a minha análise sumária me indicou que a música talvez nada tivesse a ver com divorciar-se, propriamente, embora se aplicasse de forma genérica a todas as novidades que entusiasmam, como seria no meu caso o meu divórcio e a esperança de alguma felicidade ainda que tardia.

Ela não se intimidou:

— Como você costuma dizer, entre casar com você e prender o dedo na gaveta, eu prefiro prender o dedo na gaveta, disse ela, sem nenhuma piedade, mas com imensa graça.

Aí fui eu quem ficou em silêncio.

— Na grande. Todos os dedos, ela completou.

— Nossa, prender o dedo na gaveta é uma dor horrível!, atalhei, só para ver aonde íamos chegar.

— É, mas passa logo e depois de a unha cair não deixa sequelas. Já você... não sei, não. Vem para cá logo, que ele tem uma reunião externa às onze e meia e não está com cara de muitos amigos. Está, como você costuma dizer, com o humor muito comprometido...

Achei graça e prometi-lhe que iria, que era só questão de me aprontar, que de qualquer forma queria vê-la, que ela curava qualquer ressaca, essas cafajestices inocentes todas que se dizem.

E despedi-me dela mandando-lhe um beijo.

— Outro, respondeu ela, coqueta, desligando em seguida.

Aquilo acendeu um fogaréu em mim. Não deixei de, pela enésima vez, ver em todo o curto diálogo um bom sinal. Ela era um antigo objetivo estratégico meu e mais uma vez esqueci a maravilhosa lição de Barnave — "Declarações soltas, encontros provocados pelo acaso se transformam em provas da maior evidência aos olhos do homem de imaginação, se ele tiver algum fogo no coração".

Pense nisso, se você já teve um amor impossível ou entabulou alguma difícil conquista amorosa, e veja que útil é a lição, ou a constatação, e quanta besteira você faz por não a evocar nos momentos apropriados.

5

VESTI UM TERNO CAPRICHADO com uma camisa de algodão egípcio de listinha — no abismo da minha vida, a boa e velha passadeira, a Dona Alcina, que vinha duas vezes por semana, ainda era uma instituição respeitável e funcionava como um trem suíço, conseguindo manter camisas impecavelmente engomadas penduradas no meu armário e ilhadas pela mais desconsolada desordem.

Uma gravata de seda importada e abotoaduras combinando, tudo pago a peso de ouro — tome! — em uma loja dessas de luxo que prosperavam pela minha cidade completaram a minha elegância de almofadinha e me permitiram sair mais aprumado, com um senso de dignidade recobrada, cumprimentando o porteiro, do alto da minha soberba, como se o visse pela primeira vez naquele dia:

— Bom dia, como vai o Senhor?

Ele me respondeu amavelmente, também como se me visse pela primeira vez. Sempre solícito, o porteiro. Discreto (quase sempre). Um craque.

Sentindo-me incapaz de guiar o meu conversível alemão — um lindo Z3, agressivo e truculentamente conspícuo na sua cor vermelha — sequer até a entrada da garagem sem carimbá-lo em alguma coluna, dessas que são postas de propósito no caminho de todo desgarrado na vida para comprovar certas leis da física particularmente duras com bêbados e tresnoitados, desci a escada da entrada social do prédio dando saltinhos que queriam mostrar como eu podia andar lépido e fagueiro e como estava rapidamente recomposto depois do vexame da minha chegada catastrófica de manhã não tão cedinho.

Notei que o meu impertinente intruso já não estava mais ali, nem nas proximidades. Fiz sinal para um táxi que passava vazio e ele desfilou indiferente por mim, sem nenhuma explicação. Soltei o meu invariável "filha da puta", que foi ouvido por uma senhora ao lado, cheia de empáfia, e me valeu um olhar fuzilante de reprovação. Legal, isso, o filha-da-puta do motorista passa belo e formoso dando-me uma banana atentatória a todos os meus direitos de cidadão-consumidor-usuário e eu é que recebo o ar de reprovação.

E fiquei ali à espreita de um, dois, três, dez táxis que passaram provocadoramente impávidos — é verdade que todos com passageiros dentro, creio —, até que um deles resolveu parar.

Mandei tocar para a agência lá no centro, mal ouvi o que me disse o chofer sobre congestionamentos e acidentes pelo caminho e fiquei ali, semiadormecido no banco de trás, enquanto — era a minha sina cada vez que subia em um táxi de manhã — o rádio arrolava, alguns decibéis acima do tolerável, e pela voz de um locutor dramático, mas no fundo completamente indiferente, a série de crimes hediondos que haviam sido cometidos durante aquela noite, como em todas as noites, no território deserdado e fora do tempo que é a periferia da minha imensa cidade. Sem falar nos crimes contra a gramática, a sintaxe e a concordância, cometidos pelo próprio locutor e o comentarista que lhe fazia coro.

É sempre isso. A essa hora da manhã é sempre isso ou um programa em que a locutora se dirige a todos os ouvintes como "minha amiga", para enorme perplexidade minha ao conferir o motorista e quase nunca ver ali uma mulher. Ou então, pior de tudo, era o motorista puxando papo, o que me fazia fechar a cara ou reagir às questões com respostas mal-educadas que nada tinham a ver — "Lindo dia, não, Doutor? — Não, eu não votei na última eleição" —, para desencorajar a conversa ou ao menos reduzi-la apenas ao que na verdade era — um perigoso, às vezes fatal monólogo do motorista com o espelho retrovisor.

"Fale ao motorista somente o indispensável", lembrei-me do aviso que ficava na frente dos ônibus quando eu ia para a escola, faz já muitos anos... E imaginei quão oportuna e honesta seria uma inversão simétrica da regra, na plaquinha estrategicamente colocada ao lado do retrovisor: "Fale ao passageiro também somente o indispensável"...

Cheguei, discuti com o motorista que havia esquecido de ligar o taxímetro e quis me cobrar uma fortuna pela corrida — um velho truque para pegar almofadinhas como eu certamente aparentava —, bati a porta do táxi com raiva e subi pelo elevador direto ao quadragésimo andar, que era onde ficava a Presidência.

Fui logo enveredando sala adentro, como costumava fazer muitas vezes, sem pedir licença nem bater à porta, acreditando como sempre estar liberado nos meus movimentos pela secretária condescendente e ainda mais cúmplice depois da chamada daquela manhã — a minha grande e apetitosa amiga, a quem lancei de passagem, junto com o meu melhor sorriso de concupiscência marota, mais um galanteio idiota, mais um frustrado afago (à distância) nas suas curvas perfeitas e convidativas.

Ela fez um gesto que no momento me pareceu de entusiasmo e sincera alegria ao me ver, mas que, só agora, pensando bem, noto que era na verdade para tentar me impedir de ir entrando, assim, sem a menor cerimônia. Afinal, ela já me tinha dito ao telefone que o chefe estava com o humor muito comprometido e tinha andado à minha procura, sem sucesso, há algum tempo. Lembrei-me, depois, de que ela me havia ensinado, tempos antes, um truque necessário para lidar com secretárias empertigadas de chefes difíceis, sempre prontas a semear armadilhas no caminho daqueles que não são os seus favoritos — fazer sempre as três perguntas na sequência: "o chefe está?"; "está sozinho? (ou desocupado)"; "posso entrar?". Claro, porque se as três respostas não forem sucessivamente positivas, você enfrentará no mínimo um cenho carregado, uma cara fechada, um bicão.

Convenhamos, bicão de chefe é um saco.

Ele estava falando ao telefone, de costas para a porta de entrada e portanto para mim, com os pés sobre o móvel que ficava atrás, frente à janela de onde, pela altura, se via um esplêndido panorama da minha enfumaçada cidade, longe, a perder de vista, até a periferia e umas serranias longínquas, quase irreais.

De repente, ele virou-se, deu comigo ali perdido vendo o panorama, fez uma cara que me pareceu de surpresa ou desagrado e continuou falando, por longo tempo, esquecendo-se de mandar sentar-me, como fazia sempre, com um gesto curto e cortês, rápido como tudo o que fazíamos ali naquela agência e em tantas outras, onde tudo obedecia ao imperativo da eficiência, da velocidade, a marca do tempo acelerado que a publicidade tão bem aprendeu a encarnar e a impor sobre o mundo, as pessoas, a ordem natural das coisas.

6

Quando terminou de falar, ele abriu um sorrisinho e me disse mais ou menos o seguinte, sempre sem me mandar sentar:

— Tudo bem? Eu andei procurando você estes dias e não achei. Alguma reunião fora, alguma coisa que não estava no meu radar, algo que eu devia saber?

Eu no fundo implicava com a aparência física dele, porque o achava atarracado e desengonçado, mas sentado na cadeira de chefe máximo não fazia muita diferença. Bem, que importa como ele era? Há certas coisas que não vêm ao caso.

— Não, esbocei um sorriso, é que eu andei tendo umas complicações particulares e me atrapalhei um pouco.

Ia mentindo qualquer coisa sobre o barco no Iate Clube lá na praia, mas lembrei-me de que já o havia vendido há algum tempo, antecipando a separação e finalmente entregando os pontos: barco e sedução (era para isso que eu o usava) combinam tanto quando alho e conversa ao pé de ouvido. Mais de uma vez tive de interromper galanteios camonianos por causa do mal-estar da eleita (ou presa) da vez, recitando entre dentes enquanto voltava às pressas ao pier:

> "O enjoo é fogo que arde sem se ver,
> É ferida que dói em quem não sente,
> É dor que desatina sem querer,
> É nunca conseguir ficar contente,
> É cuidar que se ganha em devolver".

Dei um sorrisinho maroto — agora era eu com o sorrisinho — ao recitar-me pela enésima vez a estrofinha parodiada e metida a engraçadinha — imbecil como qualquer trocadilho, afinal —, mas o chefe me fez voltar à realidade acendendo um cigarro, que devia ser o décimo daquela manhã, e soltando a famigerada baforada.

Três maços por dia! A coragem é isso!

— Você tem-se atrapalhado um bocado ultimamente; senti muito a sua falta na reunião da outra segunda-feira, e depois na quarta, quando tinha a discussão da turma de criação, e depois na quinta, quando veio o pessoal daquela campanha complicada...

Ele deu uma parada meio teatral e tirou outra baforada do cigarro. Detesto quem dá uma parada teatral no meio de um sermão e tira uma baforada do cigarro.

— Foi chato, completou, didático. Tive que fazer umas mexidas na equipe para suprir a tua falta. Fica difícil assim.

Esbocei um sorriso de quem quer dizer que não sabe o que dizer, mas que acha que a desculpa está implícita e aceita. Uma imagem do meu barco voltou a cruzar o meu olhar e deu-me certa tristeza saudosa, que me fez pensar nessa forma peculiar da saudade que é a saudade das coisas. E fiz um gesto vago com a mão direita, muito típico meu e que queria dizer que eu queria passar adiante para o próximo assunto.

Era um gesto que denotava alguma impaciência, uma intolerável empáfia, mas que sempre tinha sido respeitado nessa e nas demais agências onde eu trabalhei e em que desfrutava de um imenso reconhecimento profissional — não é falta de modéstia, nem cabotinismo, como você pode estar achando, porque quando os tenho eu os reconheço, é apenas uma constatação objetiva da realidade positiva, necessária neste relato. Um reconhecimento bem pago, cheio de tolerância para as minhas esquisitices ou para o simples descuido com a cortesia, e que me permitia comprar as minhas gravatas de seda e os meus bagulhos importados, construídos quase sempre por gente que ganhava por mês, em longínquos países asiáticos, o que eu em cinco minutos de trabalho — e ninguém fazia nada a respeito. "Quando a China despertar o mundo vai tremer" — bem que alguém já tinha dito. "O Oriente é o suicídio do Ocidente." Legal, isso aí. Um dia vou escrever algo a respeito. Onde está o papelzinho para anotar? Deixa prá lá.

Então. O chefe não percebeu nada da minha digressão interior e emendou:

— Você se lembra de um cartunzinho que saiu uma vez numa revista americana, acho, e que você me mostrou?, perguntou ele, dedilhando na mesa enquanto soltava outra baforada, aceitando o meu jogo de pequenos gestos e passando para o assunto seguinte sem delongas.

Obviamente, eu não me lembrava de nada e devo tê-lo demonstrado com a minha cara franzida de ponto de interrogação. Além do quê, eu sempre costumava mostrar para as pessoas cartunzinhos do *New Yorker* — uma revista pela qual eu tinha uma predileção algo afetada, reconheço — e naquele estado pós-ressaca seria impossível recordar quais e a quem eu havia mostrado.

Tinha um ótimo de um galo na maternidade com cara de preocupação e o médico que abre a porta e exclama todo feliz: "É um ovo!" Eu tinha guardado esse para dar para o obstetra da minha mulher no caso mais do que improvável de que viesse a ter um filho com ela, um dia. Ficou lá na minha gaveta, cercado de boas intenções, de nostalgia do futuro e de um tremendo, insuportável vazio.

Desse eu me lembrei na hora, não sei por quê, mas certamente não era a ele que o chefe se referia, ou eu muito me enganava.

Eu nada disse e ele prosseguiu:

— Um, em que o sujeito estava à frente do chefe, assim como você agora, e o chefe lhe dizia com um ar blasé: "você devia checar o seu mail mais vezes, eu te demiti há mais de três semanas"?

Ele traduziu, não sei por quê, já que metade do que dizíamos nos nossos diálogos era em inglês, aquelas muletas todas de linguagem, aqueles tecnicismos, aqueles vícios, aqueles esnobismos, aquela afasia do vernáculo logo suprida pela agilidade dos *sound bites* com que o inglês tão bem responde à urgência de velocidade do nosso tempo, ao imperativo da precisão de quem não tem tempo a perder e à superficialidade fatal das nossas almas de *yuppies*.

E abriu um sorriso generoso, mas que, no entanto, me pareceu cheio de maldade.

Eu não me lembrava mesmo, mas achei graça e fingi que recordei, claro, porque provavelmente algum dia eu tinha mesmo mostrado aquilo a muita gente e não deveria ter-me esquecido, já que a tirada era muito boa, tão boa que ele a estava citando muito tempo depois e ainda se dando ao inútil trabalho de traduzir, tendo ainda a generosidade de me atribuir a feliz citação. Só não percebi, tolamente, por que ele estava recordando aquilo logo agora, que tínhamos tantos assuntos para tratar, por causa da minha, digamos, baixa frequência dos últimos dias. Ainda achei que devia ser porque ele tinha acabado de falar alguma coisa ao telefone e fez uma associação de ideias.

— Pois é, emendou ele, eu te demiti, não faz três semanas, mas já faz bem uns dois ou três dias. Pelo jeito não te chegou a notícia. Ou você não prestou atenção. Não foi por falta de eu tentar te achar... Nem a nossa amiga ali conseguiu, veja que coisa.

A minha reação foi curiosa, porque nesse momento exato eu me lembrei com precisão do tal cartum, que não sei se era da *New Yorker*, mas que de fato é muito bom, e abri um sorriso que deve ter parecido completamente idiota ou, pior, maroto, como tantas vezes em que eu me lembrava intimamente de alguma piada ou boa tirada e ria sozinho, sem me importar o lugar em que estivesse.

Logo recordei também, para mim mesmo, em voz baixa, o mote mexicano, cheio de matreira e secular sabedoria — "quem ri sozinho das suas maldades se lembra..."

6

FIQUEI ALI COM UM AR APALERMADO de quem descobre que a mulher sai com o melhor amigo, ou que o cachorro preferiu se instalar de uma vez no vizinho, ou que a torneira da pia ficou aberta durante as férias inteiras, ou qualquer outro desses pequenos ou grandes sentimentos de perda irreparável apenas porque houve um descuido qualquer em algum momento — "Onde foi que eu me fodi??", perguntava sempre a personagem de *Conversa na Catedral*, do Vargas Llosa, que eu premonitoriamente devorara mais de uma vez durante a minha etapa de educação sentimental, saboreando como pura ficção cada trecho, despreocupado de que pudesse ser apenas uma forma sutil de antecipação do futuro.

O chefe, ou ex-chefe, ou ambos, fez um gesto de impaciência e disse que depois nós conversaríamos, que não era nada pessoal, mas que não dava mais para ficar encobrindo o meu absenteísmo e inventando desculpas esfarrapadas a cada reunião a que eu faltava ou a cada frase embolada em álcool ou travada pela ressaca que eu dizia — algumas geniais no conteúdo, reconhecia ele, mas torpes e constrangedoras na forma, no descaso com que eram ditas, na agressividade impaciente dos pequenos gênios, e tudo sempre na presença de clientes engomadinhos que levantavam a sobrancelha e certamente depois faziam comentários desairosos, pondo em risco a conta polpuda que as suas empresas mantinham na agência.

— Você é um grande publicitário, continuou o chefe no seu chá-de-língua, toma umas férias, resolve os teus problemas afetivos, arranja umas dez aventuras amorosas até cansar — se possível uma com a tua ex-mulher, se ela inda der um bom caldo, dizem que também ajuda o ego, se ele estiver muito fodido — e volta ao mercado, que sempre vai ter um lugar bem pago para você. E se tudo der certo pode ser de novo aqui mesmo conosco, eu te prometo, metralhou ele, como se tivesse decorado uma fala. Você vai ganhar uma grana de indenização; aproveita para pôr a cabeça em ordem, completou.

E, em seguida, com impaciência, depois de uma pausa em que me fitou de cima abaixo:

— Ou, senão, dane-se, que você já é grandinho para a gente ficar pageando geninho mal-humorado e caprichoso. Como você, tem uns vinte a cada nova formatura, e eles custam mais barato e vêm com uma gana danada de engolir o mundo a dentadas, sem essas excentricidades todas suas que já encheram o saco.

"Humor comprometido é isso", fui pensando, didático, enquanto ouvia tudo calado, com um olhar de paisagem, como diz uma sábia amiga.

Agradeci, disse que iria arranjar as minhas coisas e pedi-lhe que me recebesse depois para conversar, já sem compromisso.

— Claro, claro, disse ele, visivelmente aliviado, você me telefona e a gente sai para tomar um uísque.

— Ou dois, brinquei, sem sucesso.

E saí, resmungando vingativamente entre dentes:

— "Um tão grande homem e tão mal educado..."

Ele pareceu não ouvir ou não entender o resmungo e ostensivamente retomou alguma coisa que devia estar fazendo antes da chamada telefônica, despedindo-me com um gesto vago, displicente, da sua mão de unhas bem cuidadas na manicure e perfume caro que ficava recendendo por horas se a gente não fosse lavar a mão correndo no primeiro banheiro. É um ato humanitário romper logo a cadeia desses perfumes que vão indo de mão em mão até perder-se num odor acre de suor misturado com uma fragrância indefinida e de mau gosto — e, o que é pior, dando a quem você cumprimenta a má impressão de que foi você quem colocou a porcaria na mão. "O Ministério da Saúde adverte: perfume na mão de homem faz mal para o caráter. Ou dá impotência. Ou ambos."

Saí, tomando o cuidado de fechar a porta silenciosamente, "cabisbaixo e meditabundo", e tentei passar despercebido pela secretária loira, mas não deu. Ela me contemplou visivelmente constrangida, com amizade no olhar, mas um certo ar ressabiado, como se qualquer cumplicidade comigo naquele instante, uma palavra amiga, um gesto que mostrasse algum elo de ligação, qualquer coisa, pudesse representar um perigo para ela também.

Eu não queria causar-lhe embaraços, mas ainda tive um último ânimo para uma brincadeira cheia de tristonha malícia com a minha constrangida amiga:

— Sair comigo hoje à noite nem pensar, né?

O seu caráter acabou falando mais alto, ainda que num sussurro, quase:

— Nada pessoal. Vamos deixar amainar as coisas. Cuide de você, eu ligo para saber como você está.

E virou-se para atender o telefone, dando-me um compungido adeusinho com a mão livre, a esquerda, acho, o que fez o gesto parecer mais melancólico ainda, mais irremediável.

Uma linda mulher.

7

Desci vagarosamente a escada até o meu andar e entrei no meu espaçoso escritório, cuja vista, no entanto, ao contrário da que se tinha da sala do chefão do humor lá em cima, sem deixar de ser espetacular pela altura, era bloqueada em vários ângulos por outros edifícios tão altos como o nosso e sempre por aquela espessa névoa cinzenta que tingia o céu, mesmo nos dias mais claros, na minha cidade querida. Para a minha surpresa, as minhas coisas já estavam todas arrumadas dentro de uma caixa de papelão e um faxineiro obsequioso retirava o lixo da cesta de papéis, enquanto o pessoal da informática violava displicentemente o meu computador.

— Eu queria um *back up* do que eu tenho aí no disco duro, fui dizendo.

— Não vai dar, não, disse o funcionário, com aquele ar de alheamento de que é capaz o ser humano quando vê em desgraça alguém de que não gosta particularmente — um superior, um colega competitivo, um chato-de-galocha.

— O quê?, indaguei, perplexo.

— Disseram que era para apagar tudo. Agora, já era... O senhor não colocou o que queria num *flash disk?*, acrescentou, com um ar de surpresa divertida, de pena, quase, diante da imprudência tecnológica que ele adivinhava no meu semblante.

— *Flash disk*? Mas isso é um absurdo, são textos e coisas minhas, tentei argumentar, ainda resistindo à fatalidade cruel que vem embutida na frase "apagar tudo" em informática.

O funcionário deu de ombros e continuou a estuprar a pobre máquina, dando uma série de comandos rapidíssimos que mais ou menos significavam que o que havia de inteligência minha ali naquele *hardware* estava sendo transformado em um vácuo irreparável, definitivo, com a velocidade da luz.

Ainda insisti:

— Mas por quê?

O funcionário deu de ombros, como a deixar claro que ele não tinha como ou por quê responder a minha pergunta. Apenas fazia o seu trabalho. Sem mas, nem por quê.

"Aqui não tem por quê."

Lembrei-me então de que me disseram alguma vez — e eu ouvi entre indiferente e divertido, como era o meu hábito — que era assim em muitas empresas americanas: o funcionário demitido não tinha nem o direito de voltar à sua sala para arrumar as suas coisas; elas lhe eram entregues numa caixa de papelão no Departamento de Pessoal e o demitido não podia sequer se despedir dos seus colegas ali no ambiente de trabalho.

Segurança, alegam. Nada de surrupiar pertences ou informação da empresa em que você trabalhou anos a fio, no momento em que, despedido, você obviamente se volta contra ela com rancor e ressentimento, disposto a puni-la ou a obter algum numerário extra com que enfrentar o desemprego vendendo vingativamente segredos aos concorrentes. Ou, pior. Não permitir nada que possa romper a rotina ou mitigar nos demais o pânico imemorial que vem de todo escarmento, de todo sentimento que se resume ao "antes ele do que eu" ou, ainda pior, "talvez eu seja o próximo".

E, claro, nada que possa ensejar um comiciozinho de protesto ou um simples, sonoro, atemporal palavrão de circunstância — "puta que os pariu!!!" —, que pudesse inverossimilmente ser repetido em coro por todos na sala, punhos erguidos de quem unido jamais será vencido:

— "Puta que os pariu!!!"

Achei aquilo o cúmulo, mas por alguma razão pulei dessa primeira recordação para a lembrança, agora dolorosa, de como há uns anos eu havia assistido, aliviado, a que o controle da empresa fosse assumido justamente por uma grande multinacional da propaganda — o que me permitiu voltar para a agência depois de um tempo fora —, como a demonstrar que também as ideias têm de se submeter a um novo modo de produção — isto é, nós continuávamos a arranjar os clientes e a ter as ideias, mas vinham uns gringos para supervisionar tudo e levar a mais-valia para uns acionistas anônimos, fundos de pensão, jogadores do grande cassino da economia internacional, as tais senhoras geniais que haviam aprendido a investir nas bolsas e nos países "emergentes"...

Puta que os pariu, todos.

Compravam-nos e o nosso silêncio cúmplice com salários ainda melhores e mais bônus ao fim do ano, e isso era tudo. E só por isso eu não podia ter o meu *back up*, nem queriam deixar-me despedir dos colegas e funcionários que trabalhavam comigo.

"Filhos da puta", eu achava agora, um pouco tarde, talvez.

Eu gosto de quem diz "filhos da puta" quando já é tarde.

8

COM O BARULHO QUE EU ESTAVA ARMANDO, veio ver-me o Diretor de Criação para dizer que sentia muito, que era uma pena, mas que eu visse como uma coisa positiva, que ia ajudar a mudar a minha vida, que já me tinha acontecido antes e depois tudo foi melhor, que a minha situação financeira devia ser confortável, etc.,

etc. — essas coisas. Mandei-o à merda, mas desculpei-me rápido e emendei pedindo que me deixasse usar o seu telefone, já que o meu, obviamente, nem pensar, segundo li na expressão do meu carrasco informático, que me olhou de esguelha, por sobre o ombro, com aquele ar de "nem-vem-que-não-tem", próprio de quem está no comando de uma situação menor. E meu celular tinha ficado em algum lugar por aí, como de hábito, falando sozinho.

— Claro, disse o Diretor de Criação, que história é essa agora? Parece até que você acha que a gente está num campo de concentração.

— É uma espécie moderna de campo de concentração, sim, estou-me dando conta agora.

Ele me olhou meio desconsolado, não sei se pela minha situação ou por não saber o que dizer.

— Você já ouviu uma história dessas de campo de concentração? Diz que o Primo Levi, quando ficou preso em Auschwitz, foi tentar matar a sede chupando uma estalactite de gelo que pendia da calha e veio o guarda SS e deu uma coronhada nele e quando ele perguntou "Warum?" — "por quê?", né? —, ele, o guarda respondeu, preciso: "Aqui não tem por quê. Hier ist kein Warum".

Ele continuou me olhando com os olhos quadrados.

— Aqui não tem "por quê", traduzi, rematando e olhando severo para o sujeito da informática, que continuava diligentemente o seu trabalho de Jack o Estripador cibernético.

— Você está exagerando. Você vai ver que você vai acabar voltando às boas com a agência e ainda vai ser Presidente dela. Usa o telefone, aí, ofereceu, solícito.

Mas, depois de um átimo de reflexão, ele arriscou, ressabiado:

— Não é chamada internacional, né?

— É internacional, sim, é para "a puta que te parioska", perdi as estribeiras.

— Ei, calma, encerrou ele. Você está impossível, mesmo! Vai fazer a tua chamada lá do orelhão da rua, então. E quando estiver de melhor humor, liga, que a gente sai para tomar um uísque.

— Ou dois, concluí, melancolicamente, envergonhado com o meu destempero.

Desorientado, desci como um sonâmbulo até o Departamento do Pessoal, que eu mal sabia onde ficava — tive de perguntar umas vezes e subi e desci escadas torpemente até dar com ele. Começava a ir longe o tempo em que era o Departamento do Pessoal que ia, solícito, até mim, onde quer que eu estivesse...

Para a minha surpresa, vi que de fato me esperava há alguns dias um funcionário eficiente, que educadamente me apresentou um monte de papéis para eu assinar, o que fiz mecanicamente, e no final me passou um contracheque que me pareceu meio irreal, tão gorda era a soma de dinheiro que dizia ali ser a minha indenização final — salário, férias, décimo-terceiro, décimo-quarto e décimo-quinto, uns bônus, aviso prévio, FIGTS, FAGTS, FUGTS, tempo de serviço na empresa, um bom cala-a-boca a título de "bonificação extra", etc., enfim, um monte de dinheiro que já devia até estar depositado na minha conta sem eu ter-me dado ao trabalho de descobrir.

Havia, sim, o detalhe curioso de uns descontos por chamadas telefônicas, que o computador identificou com grande e amedrontadora acuidade como sendo minhas, particulares, e por prestações de contas que eu deveria ter feito e não fiz ao regressar de algumas viagens custeadas pela agência com generosos adiantamentos em espécie ou depósitos na minha conta para as despesas.

A nobreza obriga. Não acho que caiba aqui, mas soa bem.

Gosto de "a nobreza obriga".

Como a nobreza obriga, assinei tudo e ainda ouvi do funcionário como devia fazer para continuar no seguro médico e de vida, caso tivesse interesse, após cumprido o prazo de lambuja que me davam — um seis meses, acho, seis meses durante os quais, brinquei com o funcionário, que não achou nenhuma graça, desejavam decerto que eu usasse num tratamento intensivo com uma boa equipe de psiquiatras ou de terapeutas ocupacionais. Também tive de devolver formalmente o carro de luxo da Diretoria, que tinha à minha disposição e que não usava quase nunca, para tristeza do chofer que me havia sido designado e cujo emprego, imagino, deve ter sido cevado junto com o meu, sem tantas indenizações e bonificações, claro.

Assinei tudo, eu disse, despedi-me do funcionário, que me devolveu a saudação secamente, virando-se de costas ostensivamente e sacudindo levemente a cabeça (não sei se para significar que eu era um imbecil de perder um emprego daqueles ou se para manifestar revolta com tanto benefício comparado ao que devia ver quando as demissões eram de gente modesta como ele ou o meu ex-chofer), e fui descendo pela escada mesmo, dezenas de andares, até que me vi de repente no meio da rua.

Tinha ido dar a uma saída de incêndio, dessas que só se abrem pelo lado de dentro com um empurrão forte na tranca e depois se fecham inexoravelmente, supostamente para impedir que as pessoas retornem ao prédio em chamas para buscar alguma coisa, ou procurar alguém, ou tentar fazer algum inútil gesto heróico.

Não era o meu caso. O mundo para o qual eu não queria voltar ficava à minha frente, não atrás daquela porta.

Devia ter pensado nisso antes...

9

Tomei um fôlego e, no primeiro gesto de consciência do dia – da semana, do mês, de muito tempo –, comecei a cantarolar baixinho a música que me havia ajudado a decidir a minha existência de menino de vila de bairro, muito tempo atrás, quando ainda não havia tanto livro de autoajuda se oferecendo para resolver a sua vida nesse verdadeiro *trottoir* editorial em que se transformaram as nossas livrarias:

"Do you know where you're going to?
Do you like the things that life is showing you

> *Where are you going to*
> *Do you know...?"*

Depois, assustei-me com a coincidência entre o que vinha a seguir na canção e o que me acabara de acontecer com a saída de incêndio:

> 𝄞 *"Do you get*
> *What you're hoping for*
> *When you look behind you*
> *There's no open door*
> *What are you hoping for?*
> *Do you know...?"*

Para finalmente parar, perplexo, com um ligeiro frio na espinha, quando cheguei nos versos fatais:

> 𝄞 *"Why must we wait so long*
> *Before we'll see*
> *How sad the answers*
> *To those questions can be."*

O nó na garganta não me deixou seguir, apenas me permitiu ficar perplexo diante da minha memória, que foi capaz de reconstituir palavra por palavra, naquele momento de desolação, a letra de uma canção que me tinha marcado tanto, mas que fazia anos não ouvia nem cantarolava, nem tinha tido a rigor por que fazê-lo, pelo visto...

Cheguei ao orelhão, espécie de dinossauro urbanístico em vias de impiedosa exterminação por legiões infindáveis e histéricas de celulares, pelos quais, na minha excentricidade, nutria verdadeiro horror (por isso sempre esquecia o meu por aí) e que as pessoas usavam como se a humanidade não tivesse conseguido sobreviver e evoluir, fazendo belas coisas, pelos séculos dos séculos, sem que o ser humano tivesse, por exemplo, de interromper o seu pacífico xixi no banheiro (em uma hipótese inocente, mas ilustrativa) para atender uma chamada sem importância ou que poderia perfeitamente esperar uma ocasião mais oportuna ou menos constrangedora.

Enfim, lá estava, "impávido colosso", ainda que tristonho e solitário, o orelhão, e como o aparelho ainda tinha o fone intacto e linha, para a minha grande surpresa, fiz primeiro o gesto mecânico, herdado de tempos mais difíceis, de levar a mão ao local de devolução das moedas, para ver se alguma não teria ficado por ali inadvertida, e em seguida liguei para o meu melhor amigo.

Era um publicitário, também – mas um "frila" –, inteligente, culto, de uma excentricidade desapiedada e de um ceticismo e uma irreverência diante da vida que me faziam muitas vezes perguntar se eu buscava nele de fato um amigo ou apenas um *alter ego* impiedoso com quem monologar. Tínhamos em comum um gosto afetado pela literatura, ele pelos alemães e russos, eu pelos hispano-americanos e franceses. Uma vez eu o surpreendi lançando olhares suspeitos sobre a minha mulher, mas deixei para lá, porque gostava do conteúdo da sua amizade, ainda que nem sempre da forma. Ela percebeu e ficou furiosa com a minha falta de ciúmes, como se fosse minha obrigação entrar no seu jogo de cartas marcadas. Uma chatice...

Esperei um tempo, até que ele atendesse, lendo as inscrições e palavrões que se repetem desde a noite dos tempos em lugares públicos que permitem certa intimidade canalha – banheiros, orelhões, o encosto de um vagão vazio de metrô – e onde a sensação de impunidade ou a covardia mais malsã fazem homens que talvez sejam tímidos e decentes escreverem e desenharem coisas de um mau gosto atroz, ou de uma cafajestice indizível, movidos por uma envergonhada oportunidade e a garantia calhorda do anonimato e da impunidade.

Ainda tenho muito vivas na memória certas inscrições que passaram anos exibindo-se na porta ou nas paredes dos banheiros da minha escola secundária, inexplicáveis às vezes, na sua agressividade ou na sua ingênua sem-vergonhice, para o menino tímido e introvertido que eu havia sido.

Tinha uma, por exemplo, assim:

> "Quando cago
> Sinto uma mágoa profunda.
> Vejo a bosta cair na água
> E a água pingar na bunda."

Faça o favor!

Também havia uns desenhos torpes, horríveis, grotescos. O mundo cão assume várias formas, insuspeitadas, na sua maior parte, para um menino que ainda se esmera em aproveitar esse tempo da infância, que é tão pouco e passa tão depressa.

Pena.

Bem, disso tudo eu me lembrei, enquanto esperava completar a ligação. O telefone tocou, tocou, o meu amigo atendeu, surpreendeu-se com o inesperado da chamada e eu lhe perguntei se não queria ir almoçar comigo num restaurante *yuppie* que eu frequentava e onde era tratado como vice-rei graças às polpudas gorjetas que deixava habitualmente, quase sempre por conta da agência, claro, mas também porque fazia parte da minha persona ali projetar esse ar de desprendimento e sábia generosidade para com os garçons, *maîtres* e *sommeliers* solícitos. "O dinheiro compra tudo, compra até amor verdadeiro".

Ele se fez um pouco de rogado, disse que estava lendo um livro qualquer de filosofia alemã, para variar, e esperou de mim mais elementos circunstanciais que lhe permitissem julgar a minha proposta e certamente o seu interesse literário — ele trabalhava há anos em um longo e misterioso romance, a que eu me referia insolentemente como o seu *"culebrón"*, apenas para ouvir com gosto o sonoro palavrão que invariavelmente acompanhava a sua reação:

— *Culebrón* a puta que o pariu!

Expliquei-lhe que tinha tido uma conversa "difícil" – "*the understatement of the year*", pensei comigo, divertido, apesar de tudo – com o Presidente lá da agência e que queria ouvir uns conselhos dele, nada de grave, apenas para trocar umas ideias diante de uma boa *pastasciutta* com um caríssimo vinho – algo assim como un Romanée Conti, tão prezado pela calhordice nacional que escolhe os vinhos pelo preço e não se importa de pagar por uma garrafa vinte e dois salários mínimos, para depois ver um dos convivas tacar uma pedra de gelo dentro do copo com o ar idiota de todo convencido da sua sabedoria, da sua liberdade, da sua esperteza singular, do caráter inalienável da sua individualidade.

Tomei o cuidado de anunciar o vinho prometido antecipadamente. Não era um Romanée Conti, mas era um *Grand Cru* "correto" – adoro quem diz "correto" nessas horas, com um ar *blasé* de puro idiota, só para não dar o braço a torcer. Eu queria assim tornar a oferta ainda mais irrecusável.

Ele aceitou, depois de fingir que consultava uma agenda que obviamente não previa nada para aquela hora, porque senão ele saberia – parece-me evidente – e teria dito de cara. Mas era um tipo cioso dos rituais. Um chato, no fundo. Um chato que me aturava e que servia nos momentos de crise, mais pela brutalidade e crueza da sua análise que pela solidariedade que pudesse oferecer – e nunca oferecia.

10

M<small>ATEI UM POUCO O TEMPO</small>, andando à toa pelas ruas, entrei numa livraria e comprei um par de livros e dois CDs de música clássica.

Eram peças que provavelmente eu já tinha na minha enorme discoteca – cedeteca, devia ser, vou patentear a palavra –, mesmo que com outros intérpretes, mas não me importava, porque sempre gostei de cotejar versões e *performances*, única forma de tornar a música mais humana — porque sujeita a interpretações e, portanto, menos obviamente divina, ao menos no caso dos meus compositores favoritos, que eu sempre jurava poder passar o resto da vida escutando numa ilha deserta, desde que acompanhado de uma boa garrafa de uísque.

Quando cheguei ao restaurante, fui recebido com um levantar de sobrancelhas do leão de chácara da porta, porque eu sempre chegava de conversível alemão ou de carro com chofer da agência, e era um sucesso, pelo menos com o pessoal do *valet parking* e o porteiro. De acordo com um curioso hábito da minha cidade, o meu carro sempre era manobrado de jeito a ficar coincidentemente bem em frente da porta do restaurante, em descarada exibição, como um chamariz para outros clientes esnobes que porventura tivessem qualquer dúvida sobre a excelência do restaurante ou sobre o refinamento ou pelo menos o endinheiramento da sua distinta clientela. Na falta de uma classificação por estrelas — uma, duas, três —, carros de luxo parados na porta. A minha terra tem não apenas "palmeiras onde canta o sabiá", mas também gente capaz de qualquer coisa.

Entrei e o meu amigo estava já sentado a uma mesa, de onde me fez um displicente sinal enquanto prosseguia a leitura do tal livro em alemão e bebericava uísque caríssimo de 17 anos (o número de anos do uísque que ele bebia dependia de quem pagava a conta, indignei-me). Ele sempre lia muito, até andando a pé pela rua, o que lhe causava por vezes pequenos entreveros com passantes apressados e uma ou outra reverberação do grito universal do motorista que quase atropela o pedestre descuidado e temerário: "...l-h-a-d-a-p-u-u-t-a..."

Cumprimentei alguns garçons, o *maître* solícito, um sujeito que estava noutra mesa com uma mulher deslumbrante, e que reconheci ser um publicitário de uma agência concorrente, e aproximei-me da minha mesa.

— Como foi lá com o teu chefe na Agência? Muita bronca?, perguntou-me de cara o meu amigo, sem tirar o olhar do livro, indo direto ao fígado, como todo ser que se acha acima das obrigações básicas da cortesia e da consideração para dar ainda mais espaço ao seu enorme, insuportável ego.

Puxei uma cadeira, coloquei-a ao contrário e sentei-me com a frente virada para o encosto, como gostava sempre de fazer, ainda que para grande aborrecimento do *maître*. Ele achava o cúmulo aquela minha sem-cerimônia — certamente não tinha lido Camus ou não tinha gostado —, mas não perdia a pose diante de um cliente como eu tinha sido até então. O *maître* não tinha por que saber, ainda, da minha recente demissão e da contagem regressiva que *ipso facto* havia começado na minha conta bancária, com irreparáveis reflexos sobre a minha capacidade de dar gorjetas, e isso me divertiu um pouco por dentro, mas sem afetar o meu semblante carregado e sisudo.

— Você conhece aquela história do Jean Cocteau, "O gesto da morte"?, perguntei, como quem não quer nada, assim que me acomodei e catei do chão o guardanapo que a minha manobra fizera cair.

— Não. Que história?, rebateu ele, tirando os olhos do livro e fixando-os, agora com curiosidade, sobre mim, ali, escarrapachado na cadeira, com um ar de soçobra.

Pedi um *whisky* caprichado ao *maître*, que já o tinha preparado ali e o trouxe como quem executa um ritual repetitivo e previsível, mas necessário. Mantive o suspense da minha introdução súbita dando um sorvo no "cão engarrafado" do Vinícius.

Gosto de quem faz suspense depois de um gole de uísque.

E adotei o ar distante do *connaisseur* que identifica a bebida ou de alguém carente que reencontra um grande e querido amigo.

— "Olá, como vai/ Eu vou indo e você, tudo bem?", cantarolei, fazendo alto a descompromissada associação de ideias e causando, como era de se esperar, certa perplexidade no meu amigo.

Ele se impacientou:

— Que história, porra?

— Uma história, retomei. Do Jean Cocteau. Está também na antologia do Borges e do Bioy Casares, a da literatura fantástica, se você não souber ler em francês, alfinetei, sem nenhuma necessidade, porque sabia que o francês do meu amigo era péssimo, melhor só que o meu alemão, *selbstverständlich*.

Gostou de *selbstverständlich*? É o jeito alemão de dizer "claro". Eu demorei anos para poder pronunciar.

Bem, ele me olhou com escárnio e eu prossegui:

— Uma história. Tem um jardineiro que vai ao mercado em Teerã, na Pérsia antiga, claro, né, que hoje eu não sei nem se jardineiro vai ao mercado em Teerã, ou mesmo se tem uma porra de um mercado em Teerã, com tanto terrorista *kamikaze* que anda por aí — é no Irã que tem *kamikaze*? Sabe a história do professor de homem-bomba? Ele diz pros alunos: "Prestem bem atenção porque eu vou fazer uma vez só..."

Abri um vasto sorriso, à espera de que ele me referendasse, mas nada, ele ficou impassível — vai ver nem ouviu a gracinha politicamente incorreta. Fechei o sorriso e continuei:

— Bem, então, o tal do jardineiro vai ao mercado em Teerã e ele encontra a Morte, com a sua foice — sabe como é a Morte com aquela foice, né? Feia pra caralho, toda ossuda e de preto, a filha da puta. É foice que se diz?

— Hum. É assim que o Cocteau conta a história? Cheia de palavrões e interrupções?, interrompeu-me ele, inverossimilmente pudico e olhando intimidado para as mesas ao lado, por onde a minha estória, enriquecida pela minha narração original e magnificada pelo meu vocabulário chulo, parecia estar ecoando.

— Não enche. E ele fica assustado e volta para casa correndo, dizendo para o patrão que tinha encontrado com a Morte no mercado, que ela tinha feito um gesto de ameaça e que ele gostaria por isso de poder ir para Isfaã, fugindo, né?

— Isfaã?

— É, Isfaã. Pode ser Isphahan, também, com peagá, se você quiser, você que é mais antiquado que usar polaina. Mas não interrompe. O patrão fica com pena dele, ajuda na ida para Isfaã na mesma hora — patrão bonzinho, hein, não como esses filhos-da-puta que existem por aí, aparteei-me, alçando a voz — e vai ao mercado tomar satisfação da Morte, o patrão, veja você. Procura que procura, quando o patrão lá do jardineiro encontra a Morte, que aliás não é difícil de encontrar naqueles trajes, ele vai logo perguntando: "Por que é que você fez um gesto de ameaça para o meu jardineiro?" E a Morte, com aquela calma que só a Morte tem, a filha da puta, responde: "Não foi um gesto de ameaça, foi um gesto de surpresa. Porque eu tenho que tomá-lo hoje à noite em Isfaã e o encontrei aqui no mercado em Teerã..."

Houve um silêncio breve, expressivo, compreensível, rotundo. Gosto de "rotundo". Não sei se cabe aqui, mas é isso: um silêncio rotundo.

— Puta que o pariu, fiquei todo arrepiado, disse ele, finalmente, esquecendo-se momentaneamente, como convinha, da sua pudica implicância com os meus palavrões.

E acrescentou, sincero:

— É uma história incrível, mesmo contada por você, que faz tanto volteio e estende o que de certo foi pensado para ser brevíssimo. Agora que você contou, acho que me lembrei, sim, completou ele, que não admitia nunca ficar por baixo.

Ele tomou um gole de uísque e completou:

— E o que é que tem isso a ver?

— Pois é, o meu chefe, hoje de manhã...

— O quê? Ele te fez um gesto de ameaça?

— Não, ele me fez um gesto de surpresa.

— Xi! É mesmo, é? Bilhete azul?

— Azul, não; roxo. Roxo como a puta que o pariu.

11

O MEU AMIGO NÃO ME FOI DE GRANDE AJUDA. Escutou-me com atenção, é certo, o que já era uma grande coisa, enquanto devorava a refinada comida regada a generosas taças do meu *Grand Cru*, mas não me deu nenhuma ideia sobre o que eu deveria fazer, a não ser uma frase vaga, que soou fora do lugar — "Nunca facilite a vida de quem te persegue" –, e o clássico:

— Talvez você devesse procurar um psicanalista.

A saída mais fácil, sem que se deixe de ser duro e objetivo. Sempre que você quiser ser duro, mas objetivo, com alguém, mande-o procurar um psicanalista. É tiro-e-queda, como diz a minha mãe. E ainda te olham com respeito e admiração, com devoção até, porque, é preciso reconhecer, é sempre um bom conselho.

— Talvez você devesse procurar um psicanalista, insistiu ele, diante do meu olhar esgazeado de perplexidade.

Não me intimidei, porém:

— Já tenho anos de análise e não me impediu que eu entrasse nessa tremenda decadência existencial que tinha de acabar como acabou — a mulher foi para o espaço, eu devo ser corno, ainda por cima, o emprego virou fumaça, eu passo os dias enchendo a cara, tanto tempo perdido...

— Proustianamente, ao menos?, divagou ele.

Que chatice! Como ele era pernóstico.

— Só em bobagem. Bem, mais ou menos. Você tem de perder o tempo para depois poder procurá-lo, né? O problema é que procurar a porra do tempo mal perdido, e ainda desempregado e em estado de choque, também não vai ser fácil.

— Quanta besteira, concluiu ele, não sem razão.

E isso que ele é quem tinha começado.

Em seguida, ele fez o gesto mecânico de olhar a hora, como se tivesse algo de útil ou mais importante a fazer, antes de se declarar satisfeito com tudo, em particular com o uísque do começo, e despedir-se de mim, desejando-me sorte.

— O que você achou do vinho?, ainda procurei esticar a conversa um pouco, reivindicando um justo reconhecimento pelo generoso almoço oferecido.

— Correto. Muito bom. A gente se vê. Qualquer coisa, liga.

Eu não disse? Gosto de quem diz "correto" para um *Grand Cru* dos bons. "Cos d'Estournel", acho que era. Sei lá, não me lembro mais. Que me importa?

Distraidamente, olhei-o sair e pedi ao garçom que me trouxesse outro *whisky* — nunca sei se escrevo uísque ou *whisky*, acho que gosto dessa dubiedade —, enquanto verificava que a garrafa do bom vinho "correto" que eu tinha pedido estava seca e arreganhada. Nem uma gota.

— Filho da puta!, eu disse.

Mas, como sempre, já era tarde.

Fiquei um bom tempo ali sentado e fui vendo como o restaurante ia-se esvaziando pouco a pouco, como um dia que acaba, lenta, mas inexoravelmente, até ficar completamente deserto, com os garçons entediados rearrumando as mesas à espera de um novo ciclo de restauração, de novos encontros — ou desencontros, como o que eu tinha inutilmente protagonizado ali.

Assisti a tudo distraidamente, bebendo um em seguida a outro três uísques bem dosados *on the rocks*, que ficava mexendo com o dedo indicador da mão esquerda, até que o próprio movimento dos garçons se acabou e o *maître* veio com um ar entre jovial e impaciente perguntar se eu desejava algo mais e se podia trazer a conta junto com um café expresso, como eu sempre pedia.

Mirei-o com o olhar desamparado que mais uma vez intuí, subitamente, ser o olhar universal dos bêbados, e balbuciei algo que obviamente traiu o meu estado de completa embriaguez, como costumava acontecer quando eu misturava, em doses elevadas, vinho, uísque e soçobra existencial.

— Chamo um táxi, doutor?, concluiu o *maître*, depois de me devolver o cartão de crédito sem conferir a assinatura.

Saí cambaleante, algo consciente do meu estado — e por isso procurando inutilmente disfarçá-lo —, fui até a porta e eu mesmo tentei abri-la, sem poder, no entanto. Fiquei assim, por um tempo cuja extensão não saberia avaliar, forçando a porta, até que veio o *maître* lá de dentro e me moveu de tal forma que eu retirei o meu próprio pé que bloqueava a porta que eu tentava abrir, e pude então sair, tentando reganhar alguma dignidade.

Na porta, um vendedor, com certo ar de *hippie* fora do tempo, ofereceu-me umas bugigangas de artesanato, que olhei com horror:

— Não, amigo, obrigado, para mim, "artesanato, só persa", como diz a mãe do meu padrinho, consegui dizer, com a voz pastosa.

O sujeito me olhou perplexo e ficou lá, abanando a cabeça, em sinal de indignada desaprovação, não sei bem de qual dos meus gestos, atitudes ou palavras.

"Artesanato persa!", pensei. Essa é boa...

O táxi já me esperava ali em frente.

Surpreendeu-me que estivesse já escuro e que houvesse chovido. Afundei-me no banco traseiro, depois de balbuciar duas vezes o endereço, e deixei-me embalar pelo movimento irresistível do carro, vendo os reflexos tristes e longos dos faróis no pavimento molhado, e só acabei acordando quando o chofer teve de me sacudir forte, já à porta do meu prédio, enquanto o porteiro solícito e onipresente me esperava com um guarda-chuva enorme aberto, acompanhando-me gentilmente até o elevador, onde me despediu com um educado "boa noite", depois de apertar o botão do meu andar para despachar-me para casa.

Entrei no apartamento escuro e fui tropeçando até a cozinha. Achei-a após algum esforço, que me levou primeiro ao armário de vassouras no corredor e depois ao lavabo e finalmente até o *hall* que distribuía de um lado para a enorme copa-e-cozinha do apartamento e do outro para a sala de jantar e o corredor que ia para a "sala íntima" e para os quartos. A cozinha devia ficar logo ali e de fato ficava.

Acendi a luz.

Uma barata enorme que estava bem no meio da cozinha veio andando resolutamente na minha direção, parou, mudou prudentemente de ideia e começou a se dirigir para baixo da geladeira.

Achei um mau sinal, aquilo; apressei-me a dar-lhe um, dois, três pisões — parecia que estivesse tentando ensaiar uns passos de um desajeitado xaxado –, mas ela conseguiu se esconder.

Fiquei ali com um ar desconsolado, e lembrei-me da minha mãe, mas sem o grau de alarme que as suas palavras traduziam:

— Barata assim quando aparece é que já tem muita.

Uma lição universal na sua sabedoria simples e direta.

Não tendo quem mandar esmagar a barata atrás da geladeira e sem agilidade para fazê-lo eu mesmo — "quem quer faz, quem não quer manda"—, preferi dar de costas e sair cantarolando, chacoalhando o copo de uísque que antes enchi quase até a borda e sem nenhuma preocupação com a originalidade:

𝄞 "La cucaratcha, la cucaratcha
toma cuidado com a sandália de borratcha".

E não me lembro mais do que aconteceu depois, em um bom par de dias.

12

NA SEGUNDA VEZ EM QUE NOS VIMOS, não sei se ele me pareceu altivo ou se apenas estava disfarçando aquele permanente ar de naufrágio que refletia a sua situação e, indiretamente, para o meu grande desagrado, a minha própria. É preciso dizer, em meu favor, que eu estava com o humor particularmente ruim naquele momento. Tive de desviar-me dele à entrada do prédio e confesso não ter podido evitar uma certa irritação com o que me parecia um evidente, ainda que involuntário, abuso. Havia tanto espaço na calçada, na praça próxima, no outro lado do mundo; por que tinha de estar justo ali, atrapalhando-me a passagem, distraindo-me das minhas preocupações, acusando-me — sim, acusando-me de nunca ser totalmente indiferente, nem totalmente solidário com o infortúnio dos outros, conhecidos ou desconhecidos.

Ele estava obviamente infeliz e oferecia compartilhar essa infelicidade com qualquer um que passasse e lhe prestasse atenção, o que me desgostou ainda mais.

Parei ali por uns segundos, o tempo suficiente para considerá-lo de forma ultrajada, com o mesmo olhar do proprietário que vê o seu alvo muro recém-pintado ter sido maculado por horrorosos e repetitivos grafites.

Passei por ele sem dirigir-lhe uma palavra, sem fazer-lhe um gesto, evitando o seu olhar entre tristonho e suplicante e entrei de maus bofes pela portaria adentro, parando à frente do elevador social, mas buscando com o olhar o porteiro que nessas horas sempre me parecia displicente, contra todas as evidências — um conspirador contra o meu mau humor. Dei com ele atrás do balcão da portaria e fiz-lhe um gesto de impaciência, assinalando o intruso indigentemente sentado à porta do prédio. Estiquei ligeiramente o queixo e o beiço para a frente, como quem diz "e o que é isso aí?", e o porteiro respondeu-me levantando os ombros, como quem quer dizer "e o que quer que eu faça?", ou "não tenho a menor ideia", ou ainda "e que diferença faz?" — todas variantes da mesma indolente indiferença — ou matreira sabedoria — que me irritava tanto.

E continuou assobiando uma musiquinha que não consegui distinguir, enquanto retomava um interminável trabalho de polimento dos metais bronzeados do saguão de entrada (na sua solicitude e no estoicismo com que fazia as suas tarefas mecânicas, ele sempre me lembrava aquele velho adágio da Marinha britânica: "se se mover, bata continência; se ficar parado, dê um polimento!").

Como eu não sabia bem o que eu queria que ele fizesse a respeito da figura que estava na escada – e ele estava ocupado polindo tudo o que estava parado ao alcance da sua mão –, entrei no elevador movendo a cabeça para lá e para cá, como vaca na cerca olhando passar o trem – um sinal de conformismo que designava a minha melhor disposição de não fazer nada, mesmo, só reclamar –, e subi, resmungando baixinho contra "esse imbecil desse porteiro, velhaco, preguiçoso, filha-da-puta, cretino-bocão", esses insultos todos que valem mais pelo seu lado sonoro do que pelo seu sentido polivalente, portanto inútil, impotente.

Tinha ido até a banca comprar um jornal com classificados e agora me dispunha a examiná-lo com a atenção que me permitissem os meus olhos injetados e o copinho de uísque com gelo que preparei com indisfarçável sensação de alívio, antes de aboletar-me no sofá.

Percorri os anúncios e dei laboriosamente com uns três que me convinham plenamente. Eu tinha o perfil e a experiência pedidos e logo achei que um dos três empregos de diretor de redação de agência de publicidade, a minha velha especialidade, estava assegurado. Seria um passeio. Eu era imbatível. "É só correr para o abraço", como dizia alguém, especialista em imagens futebolísticas, sempre gráficas na sua precisão.

Como era o meio da tarde, dispus-me a aproveitar ainda o resto do dia e decidi ir pessoalmente a uma das agências que recrutavam – a que me pareceu a mais prestigiosa. Vesti-me de forma apurada, mas saí sem fazer a barba, o que só percebi quando já era tarde, com enorme aborrecimento e uma sensação de desamparo que só sentia igual quando sonhava estar de pijama em um local público e era presa de uma enorme angústia – um sonho que costumava fazer a delícia do meu analista.

13

Tinha ido a pé, mesmo porque a agência ficava em um luxuoso edifício ali mesmo nos Jardins e achei que a caminhada serviria para despojar-me um pouco o espírito. Fui cheio de esperanças e planos, sobraçando uma cópia do meu alentado *curriculum*, com a cabeça trabalhando a mil por hora, igualzinho à moça do jarro de leite da história que eu ouvira tantas vezes, incansavelmente, como toda criança, para sempre surpreender-me com o seu destino final – o jarro quebrado, o leite derramado, os planos e sonhos infiltrando-se pelo chão de terra seca, insaciável no consumo de tantas ilusões que nos podem embalar em simples caminhadas como essas, do estábulo à venda, do Apartamento nos Jardins até a Agência de Publicidade.

Como outras vezes em que mudei de emprego no borbulhante mercado da propaganda e marketing, eu sentia por antecipação, mesmo com todas as diferenças desta para outras situações de mudança, a mesma saborosa sensação, difícil de definir, própria de todo traslado de quem muda atavicamente, por uma inexplicável necessidade interna, por um desgarramento do espírito – uma sede inexplicável de liberdade, um desamparo da alma, qualquer coisa. Pode-se ser publicitário de muitos prêmios e ofertas de emprego como eu tinha sido, pode-se ser diplomata, militar, capitão de longo curso, caixeiro-viajante, motorista de caminhão: essas profissões que fazem da Mudança a sua primeira Razão de Ser e levam pelo Mundo Afora, como almas desgarradas e solitárias, aventureiros de variado quilate, desiludidos renitentes, gênios deserdados, vigaristas, vagabundos, apaixonados sem remédio, loucos de toda sorte, essas coisas.

Lembra-me que uma vez, ao ter de falar para uma audiência seleta sobre o que seria a minha enésima mudança de emprego para ir ganhar mais, melhor e com menos esforço físico em outra agência, tentei explicar o que ocorre nesses momentos e como o corpo e o espírito reagem a uma mudança anunciada e esperada, vivida como o ar que se respira.

Alguém tinha me dito tempos antes que Lévi-Strauss, numa de suas andanças de antropólogo pela floresta equatorial, encontrara certa feita uma tribo de índios, primitiva e nômade, que tinha um curioso comportamento. Eles se mudavam e quando chegavam ao novo lugar, deixavam-se ficar, abandonados e à toa, descansando, por um bom par de dias. Perguntados por quê, explicaram que tinham vindo muito depressa e a alma tinha ficado lá atrás. Era preciso, pois, esperá-la.

Pois bem, eu me sentia precisamente diferente desses simpáticos índios, que tinham lá a sua sabedoria, mas nada a ver com o nomadismo da alma que move gente como eu, talvez como você. Para mim, era como se, ao anúncio da mudança, à perspectiva, mesmo ainda sequer confirmada, de que ela se realizaria, não importa se em seguida ou dali a um mês, ou dois, ou cinco, não importa se fosse em realidade ou em devaneio, na certeza ou na ilusão que deseja desesperadamente criar fatos, o meu sentimento era o de que a alma partia antes, deixando atrás um corpo vazio, que aguardava monotonamente juntar-se de novo à alma fogosa e ansiosa que o deixara para trás, preso às suas limitações mundanas, à sua pequenez sujeita a leis inexoráveis da física, da burocracia, da lentidão habitual da vida de quem não é nômade e não entende essa ânsia que é mudar e deixar tudo para trás, sempre, constantemente, inexoravelmente, com um desprendimento desgarrador.

Não sei se era uma boa imagem, sobretudo porque exigia contar uma história longa demais e explicar, muitas vezes, quem era Lévi-Strauss (que algum incauto confundia sempre, não sem alguma razão, mas nem por isso menos pateticamente, com a calça rancheira americana). Mas para mim dizia muito de como se processa aos saltos essa busca indefinida que é viver a vida errante de quem não tem parada, nem sossego, nem nada, e que está constantemente a sofrer, a procurar ou a provocar a mudança.

Nisso tudo eu ia pensando no caminho, e também em como rapidamente eu havia recobrado algum prumo, graças à promessa do classificado, mesmo bem calibrado por um par de "uiscachos". Ia confiante como fazia dias não me tinha sentido, e desfrutei por uns momentos do ar agradável de certas tardes, da gente que passa indiferente, das moças de curvas magníficas que deslizam, imateriais, para nunca mais aparecerem, depois de provocarem o Desejo, dos ruídos da rua, das imagens que desfilam pelos olhos sem nenhuma preocupação de permanência e dos sonhos acalentados pela promessa de mudança, sempre a promessa de mudança.

O moço do leite indo para a venda.

— Múúúúúúú!, mugi, divertido, em voz baixa, para perplexidade de uma senhora gorda de *collant* de oncinha que eu estava ultrapassando nesse momento e que me olhou entre intrigada e indignada, achando, decerto, que era com ela.

— Múúúúúú, insisti.

Um chato, reconheço.

14

Quando cheguei à agência, incomodou-me ver que havia outros candidatos à espera e acabei perdendo um tempo enorme para ser atendido por quem, a princípio, achei ser alguém importante na hierarquia da empresa, mas que acabou revelando-se apenas um funcionário do Departamento de Pessoal, indiferente e aborrecido — uma imagem viva do que seria o mundo real a partir dali.

Não sei se fez alguma diferença eu ter percebido que o sujeito se chamava Renato, porque ele tinha um crachá pendurado no pescoço que dizia "Renato", mas o fato é que eu comecei a cantarolar baixinho, sem saber na verdade se ele se dava conta:

🎼 "Renato, você foi ingrato
Me levou pro mato
Me descabaçou.
Agora sou mulé da vida,
Das teta caída
Que você chupou."

Vê se pode!
Quando chegou a minha vez, ele me olhou com enfado, pegou um formulário e começou a entrevistar-me sumariamente, para grande surpresa minha, que achava que já iria sair dali com o novo emprego no bolso, tais e tamanhas eram as minhas credenciais.

Depois de perguntar-me coisas básicas como nome, endereço e telefone, estado civil (hesitei muito e acabei respondendo "casado", não sei bem por quê) e outras coisas objetivas, ele emendou:

— Quantos anos você tem?

— Trinta, respondi, sem prestar muita atenção no potencial de dano da pergunta, porque, nesse momento, a porta se abriu e entrou uma menina cujas formas promissoras me atraíram instantânea, insolentemente.

— Trinta? Trinta e quantos?

— Trinta e nove.

— Hum. Trinta e nove não é trinta.

— "Num corpinho de 38", acrescentei, simpático, depois de ter comprovado que a menina não valia tanto a pena, embora desse um bom caldo.

— O quê?

— Nada, não, eu só pensei em voz alta.

— Hum. Cor dos olhos?

— Verdes.

— Verdes? Vai dizer também que é loiro?

— Loiro não, castanho claro. É natural, tem até uns cabelos brancos aqui, olhe. E os olhos são verdes, sim; ficam azuis dependendo da luz do dia.

— Que coisa, hein? Altura?

— Um metro e noventa e meio, respondi, cada vez mais perplexo com as perguntas e inquirindo-me sobre a relação possível entre a altura física do publicitário e o seu desempenho na publicidade. Em todo o caso, fosse ela uma relação direta, eu estaria bem, do alto do meu metro e noventa e meio. O meio centímetro extra era uma licença poética que eu me permitia havia já algum tempo.

— Trouxe o seu *curriculum vitae?*, emendou ele, sem nenhum nexo lógico, mas pronunciando "vité".

— Trouxe sim, o currículo "vité", eu respondi, divertido, exultante mesmo, como o jogador de xadrez que, cinco jogadas antes, já havia preparado com um incomensurável xeque-mate a resposta a esse derradeiro lance do adversário, e quase atirando sobre a mesa o meu rico e detalhado C.V. de publicitário premiado, com um gesto de "veja com quem está falando".

Xeque-mate.

E emendei com uma gracinha que o meu padrinho costumava soltar:

— Sabe como é, não é, com o tempo que passa a gente cada vez tem mais *curriculum* e menos *vita* pela frente.

Ele me olhou de novo com enfado e, depois de algumas outras perguntas inúteis, porque estava tudo ali no *curriculum*, concluiu, com imensa obviedade e o inevitável golpe na gramática:

— Se houver interesse, vão *lhe* chamar.

Fiquei um tempo ali parado, até que ele manifestou estranheza, olhando-me com um certo ar de nojo ou algo parecido. Surpreendido com o ridículo da situação, agradeci e saí, deixando aberta a porta, que o sujeito fez questão de ir fechar de forma acintosa, dando um suspiro, enquanto eu procurava desconcertado o botão para chamar o elevador. Pareceu-me que ele disse entredentes:

— Mulé da vida é a tua mãe, seu filho da puta.

Até aí, tudo bem, tudo normal. Mas a minha humilhação não tinha tamanho. No elevador espelhado, que descia velozmente, notei o meu rosto sombrio, os lábios apertados, e senti-me oprimido e sufocado como nunca em muito tempo.

Do prédio saíam várias pessoas apressadas, por fim libertadas de um longo dia de trabalho. Olhei-as com certa inveja benevolente, sentindo um pequeno aperto no coração ao perceber-me diferente daquela gente que tinha um rumo na vida e envergonhando-me intimamente da minha situação.

Sempre tivera algo parecido com essa sensação estranha e desagradável nas poucas vezes em que saía de férias e por alguma razão ficava um dia ou dois na cidade, em dias de semana. Tinha sempre o sentimento de que me olhavam com reprovação, ao ver-me flanando pela rua quando eu deveria estar mergulhado no trabalho. Na minha pequena paranoia, eu esquecia que as pessoas que eventualmente me olhassem também estariam na rua deslocando-se ou à toa, e que mereceriam tanta reprovação quanto eu, se fosse o caso, mas nunca soube lidar direito com essa história.

Passava o tempo pensando que talvez, com sorte, fossem achar que eu era piloto de uma grande empresa aérea, que estava de folga durante o dia, mas de noite levaria um fabuloso Jumbo para o outro lado do oceano, comandando uma competente e sofisticada tripulação e conduzindo centenas de passageiros que se entregavam, confiantes, às minhas mãos experientes, e confortava-me um pouco dessa forma, até que logo eu achava ter percebido um olhar maroto ou irônico, acompanhando o meu passeio de forma reprobatória, e mergulhava na maior timidez, quase uma confissão de culpa. Sempre acabava mudando de rumo, voltando a casa ou entrando num cinema ou numa livraria, apenas para fugir da minha liberdade, essa mesma que as pessoas que deixavam o prédio naquele momento certamente prezavam e acariciavam docemente a cada fim de dia de trabalho, a cada folga, a cada período de férias.

Bem, saí para a rua e deitei a andar, vagueando pela cidade um pouco sem rumo, um pouco tentando voltar para casa a pé mesmo, numa hora em que ninguém poderia me acusar de estar vagabundeando, procurando distrair-me com os ruídos da minha cidade na hora do corre-corre do fim da tarde já quase noite — pessoas que passam apressadas, estudantes divertidos, moças oferecidas (quisera eu!) de calças justas e traseiro apetitoso, camelôs que gritam, gente que conversa na calçada atrapalhando os passantes, um pedinte, um atemporal homem do realejo, um motoboy que quase atropela uma senhora, um motorista que xinga o motoboy — "...l-h-a-d-a-p-u-u-u-u-t-a..." —, o motoboy que chuta a porta do carro do motorista, enfim, aquela festa de sons e modos de ser que é uma rua comercial movimentada de uma grande cidade neste nosso incompreensível mundo, nada que resolva uma soçobra existencial, mas certamente algo que distrai e diverte, arrancando sorrisos até de um rosto sombrio como era o meu naquele momento, naqueles dias, em meio àquela pequena tragédia da vida íntima e pessoal, daquele corpo que reencontrava a alma, precipitada, logo à frente, em pena, perdida, humilhada, recolhendo-se de volta ao lugar de onde não deveria ter saído.

— Diz múúúú agora, seu bosta!, pareceu-me ouvir murmurar baixinho uma outra senhora gorda que varria a frente de uma loja e pela qual eu passei, intimidado e torpe.

O moço do leite no meio da estrada, depois do leite derramado...

15

Nos dias seguintes, quando a ressaca me permitiu, fui ainda a mais quatro agências, que foram decrescendo em ordem de importância, e em todas elas mais ou menos aconteceu o mesmo: entrevistas impessoais, escassa atenção ao meu premiado currículo, algum foco na minha idade, a minha incapacidade quase inverossímil de chegar a alguém mais alto na agência que pudesse me conhecer e mandar suspender o processo seletivo com um tapa na testa e a frase:

— Mas claro, tem você disponível, como não pensamos nisso?

E eu abriria um sorriso modesto de quem finalmente encontra a boia que vai salvá-lo do torpe acidente de percurso, e com que entusiasmo eu voltaria a trabalhar e a colocar o meu gênio e a minha experiência a serviço da publicidade, vendendo de tudo com a prestidigitação do meu texto, convencendo os irredutíveis, apanhando os incautos na teia do meu texto criativo combinado com o Talento das Imagens, e como voltaria a ganhar prêmios que eu dividiria galhardamente com a agência, engordando o meu currículo e a minha conta bancária e voltando a ser a referência que eu sempre havia sido nesse mundo fantástico de ilusão e consumo que se move a poder da mais ágil, da mais agressiva criatividade — da mais impiedosa, da mais efêmera genialidade.

Chamei de novo o meu amigo e conselheiro com a ilusão de que poderia ajudar-me. Ele titubeou um pouco e mais uma vez tive de lançar-lhe a isca de um bom jantar regado a vinho caríssimo, que eu me permitiria pagar sem ainda dar-me conta de que esses dias poderiam estar chegando ao fim.

Como uma espécie de despedida daquilo que tinha sido a minha grande alegria nos últimos tempos, fiz questão de ir de conversível vermelho e de pará-lo na porta do restaurante, atirando displicentemente a chave para o manobrista, em um gesto estudado que infelizmente passou despercebido de um pequeno grupo de conhecidos e de duas meninas atraentes que estavam à porta esperando mesa.

Entrei e procurei o meu amigo apertando um pouco os olhos. Lá estava ele, como sempre, bebericando o meu uísque de 17 anos, enquanto conversava com uma jovem e apetitosa senhora da mesa ao lado, entretido e indiferente.

Sentei-me sem virar a cadeira desta vez, pedi o meu *whisky* — devia ser o quinto naquele dia e a noite estava só começando — e batilhe no ombro. Uísque ou *whisky*? *Whisky* ou *whiskey*? Acho que vou morrer sem me decidir.

Ele finalmente se deu conta da minha presença e fixou em mim o seu olhar um pouco debochado, um pouco indiferente, com o qual pretendia mostrar que a sua amizade era algo objetivo, de que eu deveria me aproveitar.

— *"Im Westen nichts neuen"?*, perguntou ele, traduzindo em seguida, inutilmente, porque o meu alemão dava para identificar a expressão e o livro que a tinha consagrado. "Nada de novo no front"?

Não lhe prestei atenção e desfiei-lhe a minha história desde que nos tínhamos visto pela última vez, com a esperança de que me desse alguma luz ou que finalmente se dispusesse a ajudar-me com os seus próprios contatos, que ele os tinha, e muitos, quando lhe interessava ou o seu humor lhe permitia.

— Que coisa, hein? Não sei não, disse ele.

— Como, "não sei não"? Você andou relendo aquelas tirinhas do Jaguar, o "Wilson, o Dubitativo"?

— Quem?

— Uma personagem de tirinha; ele sempre dizia "não sei, não!" O nome dele era Wilson, o Dubitativo. O que tem dúvidas, precisei, inutilmente.

Ele fez um olhar de enfado com a minha lembrança pouco literária (ou com a minha estúpida e inútil explicação) e emendou:

— Sei lá, não tenho muito palpite para dar.

Palpite para dar ele não tinha, mas tomar o meu uísque ele não achava mau.

— Mas você acha que pode dar certo? Digo, algum desses empregos, eles vão me chamar? O mercado está aquecido, não é?

— Para quê eu vou te mentir, não tenho elementos...

Gosto de quem diz que "não tem elementos".

Fiquei um tempo silencioso, desconsolado, até que finalmente, depois de enxugar o copo de *whisky*, pude recolher em uma frase — que nem sequer era minha — tudo o que eu sentia:

— "No me ayudaste ni con la esperanza..."
— Do que você está falando?
— Você conhece aquele conto do Rulfo, *"No oyes ladrar a los perros?"*
— Lá vem você de novo...
— Dá licença? É uma boa história, que mostra para que servem esses amigos de merda como você.

Ele me fitou com um olhar divertido, sem dizer nada. Nem ofendê-lo mais eu conseguia.

— Quer saber ou vai ficar aí na ignorância proverbial? Porque eu vou te dizer, hein, sempre que eu te conto uma das minhas histórias prediletas, você gosta, tentei consertar, oferecendo um chamarisco.

A minha mãe é que diz "chamarisco".

— Quero saber, vai. Se isso deixa você feliz..., completou ele, não sem certa generosidade, pensei.

Aprumei-me e comecei, como se a história fosse mesmo da minha autoria, e contada tantas vezes que, para lembrar mais ou menos Borges, "já não sei se a recordo de verdade ou se apenas lembro das palavras com que a conto":

— É durante a Revolução Mexicana, né?, lá no México, claro, que Revolução Mexicana em outro país não seria mexicana, né? — talvez nem revolução fosse —, e tem um cara velho que está fugindo de algum combate ou emboscada, sei lá, de noite, uma noite de lua cheia, carregando o filho ferido, de cavalinho, no ombro.

Fiz uma pausa para sorver um gole do meu novo uísque, que o garçom diligentemente havia trazido sem eu nem mesmo precisar pedir.

Automático, o garçom.

— É de cavalinho ou a cavalinho que se diz?, hesitei, depois de engolir prazerosamente o uísque, fazendo algum suspense.

Gosto de quem faz suspense sorvendo um gole de uísque, mas acho que eu já disse isso antes.

E prossegui:

— Sei lá; bem, não importa. Eles vão rumo a uma cidade ou povoado que não chega nunca, por uma trilha miserável, e a toda hora o pai, que está exausto, mas aguentando firme, pergunta para o filho: "Você que vai lá em cima, não escuta os cães latirem? *No oyes ladrar a los perros?*," que é o nome do conto, né? E o filho na maior dor e desassossego, só reclamando, sempre diz que não ouve nada, que dói, que não aguenta, que ele se apresse, essas coisas.

Parei, tomei mais um gole do uísque e emendei:

— Filho é foda. Se eu tivesse filho, já dava umas porradas. E eles continuam e o velho sempre pergunta — "*No oyes ladrar a los perros?*" E o pai diz que não é possível, que o filho tem que ouvir, que devem estar perto do tal povoado, e assim vai, até que chegam ao alto de um morro, o maior silêncio, e quando eles chegam lá em cima, o velho morto de cansaço... adivinha só... lá está o povoado lá nem tão longe, eles veem com a claridade da lua, e só então eles começam a ouvir um barulho à medida que vão chegando perto, cada vez maior o barulho, e é justamente porque tem uma tremenda cachorrada latindo por tudo que é lado — sabe como é cachorro que late daqui e outro que responde de lá, né? Infernal! E eles chegam no meio daquela zoada toda de cachorro e então o velho diz isso aí, que é uma beleza: "*No me ayudaste ni con la esperanza...*"

Ele ficou um pouco perplexo, como se de repente se desse conta de algo, e emendou:

— Porra, desculpa.

— O filho podia ter visto que o velho queria um alento e mentir que ouvia a porra da cachorrada ao longe, "sim, vamos lá, pai, tá cheio de cachorro latindo, eu estou ouvindo, você não ouve? Nunca ouvi tanto cachorro. A gente já está perto, só mais um pouco". Fingindo, mas dando alento, que é o que importa. Mas não, ficava só reclamando, o cretino.

Tomei outro trago do uísque e emendei:

— Tem cara que é cretino, mesmo, e até com o próprio pai.

— Já pedi desculpa.

— Desculpa a puta que o pariu. É assim que é: "No me ayudaste ni con la esperanza..."

16

D<small>EPOIS DESSE EMBATE</small>, a conversa durante o jantar foi densa de conteúdo, mas vazia de todo significado. Como fazíamos sempre para matar o tempo à nossa moda, falamos de literatura e desperdiçamos neurônios discutindo ideias ocas que mais traduziam a nossa própria frustração com a vida e com a nossa criatividade de aluguel. Reproduzo aqui o diálogo, mais ou menos como me lembra, apenas para lhe dar uma ideia do tipo de divagação que nos ocupava, fugindo dos nossos assuntos mais prementes — o meu, pelo menos, era muito claro —, enquanto despachávamos um lauto jantar, que custaria ao final vários salários mínimos, com a inconsequência de todo teórico da vida e das coisas, de todo almofadinha ainda sentado em cima de uma polpuda conta bancária.

Eu dizia:

— Você fica criticando o meu hábito de ler romances e não propõe nenhuma outra alternativa.

— "Outra alternativa", não, corrigiu-me ele. Alternativa já contém a palavra "outra" — "alter", que em latim quer dizer isso aí, "outro", "outra". Você, que gosta tanto de precisão na linguagem...

Um chato.

— Não enche, estamos num restaurante comendo e bebendo, não há precisão que resista. Se eu não ler literatura, o que é que eu leio, então? Qual é a alternativa?, eu perguntei, indignado.

— Lê biografias, receitou-me ele. São bárbaras e têm a vantagem de que não precisam ser verossímeis.

"É verdade", acho que cheguei a pensar, porque lembrei-me de que uma vez Napoleão disse — "Que romance a minha vida!". Nem Stendhal o igualou, por mais que tentasse...

Fiquei pensativo e, para não deixar a conversa cair, tentei retomá-la:

— É, essa é a vantagem da realidade — que não precisa ser verossímil, concordei. Em compensação, literatura sem verossimilhança é como cachorro-quente sem salsicha.

— Caramba, que imagem mais pobre — ele gostava de me corrigir. O teu cérebro está acabando, com a inatividade e com o álcool. Vamos mudar de assunto. Mas lê umas biografias aí, por um tempo, e deixa o romance de lado para aprender o que é a vida. Ou lê história. Lê a *Ascensão e Queda do Terceiro Reich* e se pergunta se Tolstoi teria sido capaz de imaginar aquilo tudo. Nem com muita vodca na cachola...

— Tolstoi bebia vodca?, perguntei, para tentar uma pausa que me permitisse acompanhar o raciocínio do meu amigo.

Mas ele continuou:

— Um escritor é por natureza um bom ser humano, ou não? Nenhum bom escritor seria capaz de imaginar tanta maldade sem parecer inverossímil.

— E o que você me diz de *A escolha de Sofia*? É ficção, é verossímil e é a maldade em estado puro, provoquei.

— É verdade, concedeu ele, mais cordato. Mas é só porque a maldade original existiu sozinha antes. O Styron nunca ia chegar nem perto daquela maldade toda se não tivesse existido o mundo que a inventou. Não adianta. Não há criador que seja capaz de conceber a maldade em estado puro como ela se encontra aqui na Terra. Criação e maldade são dois mundos à parte, incompatíveis. A criação apenas copia a maldade... É o que eu acho, ao menos.

Ele gostava de dizer "é o que eu acho", para apoiar o que dizia. Uma inutilidade. Se não achasse, não diria.

A conversa morreu e ficamos pensativos por uns instantes.

— Mas você tem de admitir que o problema de ler biografia é que a gente quase sempre já sabe o final, retrocedi no meu raciocínio embotado.

E acrescentei, engraçadinho:

— E costuma terminar mal...

Ele mudou o rumo da conversa:

— Tenho um problema com capítulos. Sempre esqueço de ler os títulos, ou então esqueço imediatamente depois de ler, e depois sou obrigado a voltar para saber como era e me surpreendo ao ver que tinha, sim, lido o título. Uma besteira. Mas é uma chatice. Por que a gente esquece de ler o título dos capítulos?

Devo ter feito uma cara de grande perplexidade com a mudança súbita de assunto; mas ele continuou:

— É por isso que eu gosto de livro que só numera os capítulos.

Meu Deus do céu, quanta besteira, pensando bem.

— Eu, não, consegui dizer. Eu sonho em um dia escrever um livro em que os capítulos tenham por título a sua primeira linha. Assim, não há jeito de você pular o título. Você respeita os cânones e fica todo mundo feliz.

Ele pareceu surpreso, e talvez por isso mesmo não perdeu tempo para corrigir-me:

— "Todo mundo", não. "Toda a gente". Você devia cuidar mais do seu vernáculo...

E assim matamos o tempo enquanto durou o jantar, até que o meu amigo aproveitou um momento de desconsolo meu para retirar-se.

— "Comi, bebi, que faço aqui?", recitei baixinho para mim mesmo, entre dois arrotos, enquanto ele juntava as suas coisas.

Fiquei sozinho ali, indiferente, mexendo o uísque com o dedo. A imagem perfeita da pasmaceira.

Depois de gastar um bom tempo bebericando *whisky* sozinho e jogando conversa fiada fora com um par de conhecidos com quem topei ao voltar de uma das minhas numerosas passadas pelo banheiro, pensei em ir dali, do restaurante, de novo, para a noite.

Antes, porém, tinha de pagar a conta. Chamei displicentemente o maître fazendo o inconfundível gesto da mão que escreve sobre a outra uma continha miserável. Ele veio, solícito e rápido, porque já devia ter a conta há tempos ali, esperando que eu me aprumasse e percebesse o quanto havia abusado da hospitalidade da casa.

Dei-lhe o cartão de crédito fingindo não olhar a conta, mas espichando um olho para ver se percebia algo do estrago que havia acabado de fazer. É sempre assim: depois de saciada a fome, o encanto da comida desaparece e fica apenas o gosto idiota do abuso cometido, a sensação de ter gasto demais com uma comida medíocre e um serviço sofrível, a insignificância de tudo aquilo.

O maître passou o cartão na máquina e me deu o canhoto para assinar, enquanto aguardava, sempre solícito, com o cartão à mão.

Assinei e devolvi-lhe o canhoto e a caneta. Na hora, estranhei que o maître demorasse um pouco conferindo a minha assinatura do cartão de crédito. Uma sombra passou rapidamente pelos meus olhos. Ele deve ter percebido, porque ficou meio sem graça e se apressou em me devolver o cartão, como que se desculpando:

— Estava só conferindo; sabe como é, com tanto cartão clonado por aí... É para a sua própria segurança...

— É, desconversei, um pouco vexado. As coisas têm piorado muito...

E saí para a calçada, onde fiquei um tempo parado, perdido, esperando o carro, que tinha sido levado dali para o estacionamento para dar lugar a uma Maseratti amarela que tinha chegado depois e, naturalmente, fazia mais bela figura do que o meu conversível alemão vermelho.

Tudo se resume, no fundo, a isso que os italianos dizem tão bem: "Fazer bela figura!", concluí para mim mesmo.

17

Lembrei-me então de uma amiga que não via há algum tempo — "não via" é uma certa simplificação, reconheço, mas vá lá. Ligueilhe enquanto buscava inutilmente no bolso — nunca levava dinheiro comigo, e menos ainda trocado — uma gorjeta para dar ao manobrista, que me olhou com um supremo desprezo, e acertei com ela uma saída para aquela noite mesmo. Mas antes passei em casa para um rápido banho frio. A dosagem de álcool ia alta e por isso fiz algumas barbaridades no trânsito, mas felizmente sem consequências. Cheguei ao apartamento e entrei com alguma dificuldade na garagem e depois no inefável elevador. O porteiro não estava mais no *hall*, graças a Deus (pensei).

O banho frio me animou. Tomei um café requentado na cozinha, recuperei o prumo e saí de novo guiando o meu conversível. Peguei à entrada do seu prédio a saborosa amiga — na verdade, era uma amiga da minha mulher, da minha ex-mulher, ou das duas, em quem eu há muito tinha posto o olho gordo, e a coisa toda tinha um gostinho especial, óbvio e calhorda, mas especial — e, depois de muita hesitação, acabamos indo a uma boate metida de bairro, perto do meu apartamento mesmo — nunca se sabe o que pode surgir numa situação dessas e era melhor ter o apartamento à mão só por precaução.

Calhordice é isso. Calhordice é como gravidez, não existe pela metade.

O ambiente era animado por uma música muito apropriada para servir de fundo a um diálogo de surdos. Ficamos ali por um tempo, tomando daiquiri — minha amiga (ou a amiga da minha mulher, ex-mulher) adorava daiquiri, achava original — e conversando aos berros ao princípio, depois engajados em um fútil exercício de leitura labial, até que eu fui o primeiro a desistir, com a garganta já em brasa. É a minha garganta quem me trai antes de tudo nesses ambientes. Falando aos berros, a minha garganta gasta-se em poucos minutos, deixando-me penosamente rouco e em seguida afônico. De forma que acabei saindo daquele ambiente para o friozinho da noite sem ter avançado muito na minha conquista e ainda com uma tremenda afonia, que fez parecer mais ridícula a minha situação. A gostosura insinuante da minha amiga não fez muita diferença, tal era a potestade dos meus incômodos.

Ainda tentei, pela honra da casa, algum velho truque sedutor, mas o telefone celular dela tocou e... ela atendeu! Juro por Deus que ela atendeu. Atendeu e se pôs a falar como se estivesse sozinha em uma mesa de escritório ou deitada pelada na sua cama, acariciando-se enquanto cochichava intimidades com algum cretino-bocão, por minutos que me pareceram não apenas intermináveis, mas intoleráveis. Achei aquilo o fim e reforcei com alguma dose extra a minha profunda antipatia pelos telefones celulares, uma de tantas dessas maravilhas da vida moderna que nos fazem esquecer como era o mundo antes de elas existirem, não faz muito tempo... acho que eu já disse isso, melhor, antes, quando falei do orelhão. *Sorry*.

Quando a minha amiga acabou a conversa idiota e de novo deu-se conta de que eu estava ali, constrangido e mau humorado, tentou algum gesto sedutor, mas fui eu quem fechou a cara, antecipando em alguns lances o empate desinteressante daquele jogo de xadrez amador e incompetente. Ficamos meio à toa, mas, vencido finalmente pelo cansaço, e sabiamente convencido de que daquele mato não sairia coelho, ou melhor, que eu não estava mais muito interessado no coelho (ou melhor, na coelha, quer dizer) que pudesse sair dali – reclame das imagens, reclame, que você está no seu direito! –, levei a minha agora perplexa amiga até a sua casa e mandei-a sutilmente ao diabo. Durante o percurso, separou-nos um doloroso silêncio que, mecanicamente, porque não suporto o silêncio sem a solidão, tentei quebrar algumas vezes, apenas para certificar-me de que a voz não saía e só aumentava o meu desconforto com tudo aquilo – a zoeira da música ensurdecedora, a afonia, o telefone celular, o coelho no mato, aquela situação esquisita, de novo aquela "fadiga de uma agitação sem objetivo" – para quê procurar a frase, se já está feita, e bem feita, há duzentos anos?

Deixei-a ali, à porta do seu condomínio luxuoso: mal me despedi, dando-lhe um tímido e incompreensível beijo na face, e arranquei, enquanto me perguntava o que me teria ocorrido — se na verdade não havia afonia propriamente dita, no meu estado, mas afasia. Afonia é a impossibilidade de dizer, é o querer dizer e ser traído pela garganta; era isso o que eu tinha, em princípio, mas só em princípio; afasia é distinto, é um não ter o que dizer, simplesmente, um vazio enorme e doloroso, um sem-fim de melancolia sem significado, porque sem palavras, de tempo sem destino, de olhar sem visão. A maldita música não fez mais do que colocar as coisas no seu lugar, disfarçando a afasia com uma tremenda dor de garganta — uma dor que me aporrinharia por dias a fio, aborreci-me, enquanto deixava o conversível rodar, perdido na noite, sem rumo, idiotamente reluzente nos seus cromados e na sua cor aberrante, destituída de todo sentido.

Depois de um tempo, tendo recobrado um pouco a razão e a perspectiva, baixei a capota e deixei-me conduzir pela cidade madrugada adentro, tentando reviver velhas sensações, como acordar às cinco e meia da manhã para ir para a aula de educação física em um ônibus que já vinha lotado a essa hora, com o frio penetrando a alma e o sono doendo no corpo; ou ter passado a noite em claro estudando na casa de colegas para apresentar um seminário no dia seguinte, com a alegria de terminar a tempo ainda antes de o sol nascer para depois descobrir com encantamento a primeira luz da manhã, com os seus cheiros e ruídos da cidade que acorda, preguiçosa; ou então o pão quente na padaria da esquina, daquele que derrete a manteiga e cheira tão bem que o tempo se suspende enquanto dura a sensação eterna da casca crocando na boca, do cheiro do café passado na hora, da esperança e da novidade que cada dia trazia junto com essas sensações tão básicas, tão ancestrais, tão eternas, tão perdidas lá atrás na juventude pobre e acanhada na cidade grande.

Eu guiava, distraído, respirando fundo, com a memória vagando, até que notei que o dia se havia levantado de todo e que era hora de voltar à realidade daquele meu peculiar quotidiano.

18

Cheguei a casa, cabisbaixo e acabrunhado, depois de ter deixado o conversível em um concessionário para que avaliassem a possibilidade de trocá-lo por um carro menos luxuoso, mais de acordo com o iminente declínio da minha situação financeira.

Em algum momento, no friozinho do alvorecer, bem desperto pela sensação forte do vento na cara e como que trazido de volta à realidade pela dor de garganta que me havia deixado afônico/afásico na madrugada, lembrei-me de que, enquanto gastava o meu tempo procurando os primeiros empregos com que pensava substituir o último, o meu advogado havia aproveitado um descuido meu para passar-me uma horrível conta que se veio somar à partilha de bens que eu deveria fazer em breve com a minha ex-mulher. Por isso, concluí, o conversível acabaria tendo de ser prudentemente sacrificado.

Eu tinha decidido, então, em um inexplicável momento de clarividência, que deveria precipitar a operação, para prevenir algum problema mais tarde. Muito mais tarde. Mas era uma forma de agir, pareceu-me, no lampejo de consciência que a madrugada é às vezes capaz de trazer para a gente, mesmo estando-se afônico, afásico e sem destino.

Acabou não sendo uma decisão fácil. Deixei o carro na loja com evidente sentimento de culpa, com um grande dó de mim mesmo, lembrando de que eu talvez estivesse apenas inconscientemente me punindo, autoflagelando-me. Pus-me sentimental ao lembrar do significado daquele carro para mim, a decisão de comprá-lo, o prazer de dirigi-lo, as aventuras vividas nele e talvez apenas graças a ele. "Se o meu conversível falasse", pensei, vulgar, sem originalidade, mas com a certeza da precisão. "O conversível compra tudo, até amor verdadeiro..."

Deixei-o ali, com aquela cara empertigada e impertinente de todo conversível alemão de duzentos milhões de dólares, e saí andando a pé mesmo, recusando o sedã de luxo (mas com logotipo e dizeres publicitários da empresa pintados na porta) que o concessionário oferecia à sua rica clientela para voltar para casa ou ir para o trabalho ou o heliporto, depois de deixar os carros para revisão, de manhã, geralmente não tão cedinho.

Não tive ânimo para entrar no meu prédio. Com evidente ar de soçobra, e apesar do friozinho da manhã ainda tenra, resolvi sentar-me no segundo degrau da escada e fiquei ali, semiacocorado, com ar provavelmente apalermado, por minutos que me pareceram infindáveis, sob olhares ocasionais que rapidamente se desviavam, curiosos, intrigados, reprovadores, indiferentes ou divertidos, ao ver-me ali, em tão sincero reconhecimento do meu naufrágio interior.

Não deixava de haver uma enorme ironia em que me visse naquela condição, ainda cheio de dinheiro no bolso e uma polpuda declaração de bens. Eu gostava de ouvir ou dizer, como qualquer novo rico vulgar, que "dinheiro não é problema". Até que me dei conta de que, no meu caso, efetivamente, dinheiro não era o problema. Isso tornava muito mais difícil explicar para mim mesmo e para os outros o meu estado. Quando se perde o emprego, perde-se o básico em 99,99% dos casos. É o normal. No meu caso, não; a provação era apenas moral, e não material — ao menos naquele momento, e assim seria por um bom tempo ainda. Parecia-me, por isso, na minha egocêntrica visão do mundo, muito mais forte — porque não havia como dividir a frustração moral com a tragédia muito real que é ter de correr para pagar as contas que não param de chegar, sem falar em dar de comer às crianças, em enfrentar o aluguel, em pagar a mensalidade escolar, em sentir-se tragado pelo cotidiano, pela frustração da espera do que nunca chega. Eu, em compensação, era apenas isso: um naufrágio humano em plena praia paradisíaca, um ridículo afogado na banheira *Jacuzzi*.

Tinha a cabeça pesada pela ressaca permanente em que se havia transformado a minha vida e estava em tal estado de decomposição moral, que não percebi as duas ou três vezes em que o porteiro solícito veio ter comigo para perguntar-me se precisava de algo, se estava me sentindo bem, se não queria que chamasse alguém, um médico, um parente. Também fiquei com a impressão de que tentava retirar-me dali, para pôr um fim à situação constrangedora que eu estava criando para o condomínio, tão cioso das aparências. Na sua impressão simplista e sincera, provavelmente, não ficava bem nem para o prédio, nem para mim, a triste figura que eu estava fazendo à porta.

Zeloso, o porteiro.

19

Foi então que ele também chegou. Chegou com ar resoluto, olhou-me de esguelha e, sem nenhuma cerimônia, sentou-se perto de mim, quase ao meu lado, mas no primeiro degrau, no lugar que parecia já haver adotado, com a complacência indiferente e benigna do porteiro, em franco contraste com a celeuma que o meu abandono ali no segundo degrau parecia estar causando.

Perplexo com a ousadia, mas derrotado de antemão em um combate que não queria ter naquele momento, armei o meu sorriso mais irônico e, depois de um momento de indecisão, disse-lhe com a minha voz rouca e doída, mas já um pouco condescendente:

— Ei, com licença, né?

Iluminado pela palavra que alguém, finalmente, devia dirigir-lhe por primeira vez em muito tempo, ele pareceu dar-se conta da sua sem-cerimônia, levantou-se, deu meia volta e sentou-se de novo, à minha frente, mas no chão da calçada, fitando-me com um olhar profundo, um pouco de pedinte, um pouco de pândego — imensamente amistoso, em todo caso.

— Não adianta fazer essa cara que eu não tenho nada para te dar, fui logo dizendo de maus bofes, não sem antes fazer pela enésima vez o gesto mecânico de levar a mão ao bolso fingindo procurar ali algo que eu sabia não ter, apenas para tentar mostrar algum sentimento de solidariedade e alguma disposição de caridade, talvez para mim mesmo — certamente para mim mesmo (nunca me canso de repetir isso, mas eu sou incorrigível).

Ele me olhou com a cara meio inclinada, como de ponto de interrogação, levantou-se, abaixando um pouco a cabeça, em um gesto de indescritível humildade, e chegou mais perto. Deve ter achado que me tinha conquistado, e era tamanha a sua miséria íntima que se deixou convencer bem depressa. Abaixou mais a cabeça, abanando o rabo, e encostou-a no meu joelho, como se quisesse empurrá-lo, mas de forma tão suave, tão expressiva, tão cheia de entrega e esperança, tão arrebatadoramente amigável na carência que revelava, que não pude fazer outra coisa senão esticar a mão e tocar-lhe o pelo sujo e duro do pescoço, fazendo-lhe um desajeitado cafuné atrás da orelha.

O tempo parou, e ali ficamos, por uns segundos que pareceram eternos, fixados numa imagem imemorial de camaradagem e de solidariedade no naufrágio.

20

Não sei quanto tempo passou, mas deve ter sido bastante. Demorei a dar-me conta de que a cena era prosaicamente patética, um quase quarentão desempregado, a caminho de uma boa cirrose hepática, desconsolado, em abandono de si mesmo, acariciando o pelo sujo de um cachorro anônimo vindo dar ali por acaso, mas de forma tão absurdamente apropriada no seu jogo de espelhos, de trilhas que se encontram, de ilusionismo maroto, que, se fosse um romance, pareceria inverossímil.

Veio o porteiro, pela quarta vez, solícito. Achei absurdamente que queria apenas queixar-se da minha má literatura, mas não, veio apenas ser solícito, como sempre, que era esse o seu papel.

— O Senhor precisa de alguma coisa?, perguntou.

— Não, estou aqui sentado, com esse bicho. Sabe de quem ele é?, perguntei, com a minha voz rouca e pegajosa.

— Não, Senhor, tem uns dias já que ele vem aqui e fica aí parado, esperando, acho, olhando a vida, com essa cara de cachorro-sem-dono, de cachorro que caiu do caminhão de mudança. Acho que está perdido. Não é de ninguém do prédio, não. Nem de nenhum vizinho, senão já teriam vindo buscar, completou, com uma lógica simples e sincera. Acho que ele gostou do Senhor, completou, para ser ainda mais solícito.

— É, alguém gosta de mim, emendei, arrependendo-me imediatamente da confissão, que me entregava, alma e coração atados, ao porteiro amistoso e enigmático na sua solicitude.

— O Senhor quer que eu faça alguma coisa?, perguntou ele, obviamente sem ter ideia do que fazer em uma situação dessas. Eu já dei uns restos para ele, mas ele não comeu nada. Deve estar muito triste, o coitadinho.

Gosto de quem diz "o coitadinho". É difícil uma palavra mais expressivamente plena de compaixão e ternura e ao mesmo tempo mais descomprometida. Coitadinho! É definitivo.

— Não, eu disse, deixe para lá, vou ficar aqui um pouco, o bicho é simpático e parece que precisa mais de consolo do que eu, acrescentei, para renovada perplexidade minha.

Por que tinha de abrir tanto a guarda para aquele sujeito?

E puxei o cachorro para mais perto, sem esforço, porque ele se deixou aconchegar como se não esperasse outra coisa da sua vida miserável.

O porteiro deu meia volta e saiu mastigando alguma frase incompreensível, numa atitude que eu julguei um pouco incompatível com a sua solicitude de há pouco e de sempre, mas eu não estava muito em condições de refletir sobre mais de um assunto por hora naquele momento.

Voltei a concentrar-me no cachorro, que continuava ali com o seu ar de náufrago resgatado, a bordo, agora, de uma precária embarcação que fazia água por todos os lados. Está bem, eu percebo quantas vezes já usei a palavra "náufrago" e quantas vezes já me desculpei, mas você é generoso o suficiente para achar que o interesse da história compensa essas deficiências, como o interlocutor de um divertido bêbado não se importa com os seus arrotos uma que outra vez no decorrer de um relato, se este for interessante ou engraçado.

Bem. Era um cachorro pequeno, mas parrudo e forte, das patinhas curtas, branco e com as orelhas pontudas e em pé, o focinho preto como carvão, o olhar profundo e esperto, com um brilho de inteligência, e uns olhos também cor de tição. Queria poder dizer sobre ele uma frase que havia muitos anos eu tinha ouvido alguém dizer para referir-se a um cachorro vira-lata: "cara simpática e focinho malandro". A cara do bicho ali à minha frente era de uma enorme, incomensurável simpatia, sem dúvida, mas o focinho não tinha nada de malandro e ele sequer parecia um vira-lata qualquer. Tinha, ao contrário, disfarçando o seu ar aristocrático, uma certa cara de urso de pelúcia e uma aparência tão doce e digna que dava vontade de pegá-lo no colo, não estivesse ele tão desgrenhado, tão sujo, com tamanho ar de abandono e desdita.

O pelo estava muito comprido e emaranhado, mas se via que algum dia tivera um corte e um estilo. Parecia usar uma espécie de saiote na parte de baixo da pelagem, que quase se arrastava pelo chão, e a cara era cheia, como se o bicho tivesse tido originalmente umas suíças à Tio Patinhas (que pobreza de comparação, mas a acuidade às vezes pede umas licenças) — umas suíças que agora estavam crescidas e sem forma, mas guardavam, como eu disse, um estilo. E uma enorme franjinha desgrenhada cobria-lhe boa parte da visão, ou ao menos foi o que me pareceu.

Não estava magro de fome, como em geral estão os vira-latas, mas tampouco parecia roliço e reluzente como costumam ser os cachorros de madame. Se tivesse sido um, faria algum tempo que estava penando "na rua da amargura", como diz a minha mãe. Não tinha coleira ou qualquer marca de identificação, mas não estava ferido, nem parecia doente, nem nada. Estava apenas órfão de tudo e de todos. O que lhe teria acontecido?

Gastei mais algum tempo ali naquela cena pensando em quem teria sido o seu dono e por que o teria deixado ir-se assim, ou por que se teria consolado em perdê-lo, ou, pior de tudo, por que o teria abandonado propositadamente, se fosse o caso, como tantas vezes parece que é. Mundo cão.

A minha imaginação logo se desbordou e passei a fantasiar com uma ideia da qual teria dali para a frente imensa dificuldade em me livrar: seria possível, por intermédio desse bicho, descobrir quem tinha sido o seu dono, identificar traços da sua personalidade, adivinhar o seu comportamento, os seus gostos, os seus hábitos, os seus sentimentos, a razão da separação, a reação a ela? Quão "fiel" seria de fato um cão em relação ao seu dono?

— Bem, pelo jeito, se dependesse de você, a gente ia ter um bom tempo para descobrir isso tudo, não é?, perguntei, olhando fixo para o bicho, que me devolveu o olhar inclinando a cabeça, com a cara de ponto de interrogação, em um gesto que se tornaria tão comum que eu passaria a achá-lo natural como o seu arfar triunfante depois de uma corrida ou o seu abanar do rabo, naquela mostra imemorial de alegria e fidelidade em estado puro que só os cachorros são capazes de produzir.

21

Fiquei mais um pouco por ali, reunindo ideias e com o pensamento indo longe e voltando ao bicho que se deixava ficar junto, acomodando-se melhor de vez em quando, até que o porteiro veio de novo, solícito como sempre, e, como a recordar-me que havia uma vida a ser vivida ali ao lado, entregou-me um maço de correspondência — contas, cartas dos meus bancos, folhetos inúteis, um cartão postal de uma ex-namorada de algum verão esquecido

— coisa mais antiquada cartão postal, pior só mesmo cartão de Natal (quem terá inventado cartão de Natal? Quem terá inventado responder cartão de Natal?) —, enfim, esse monte de desilusões que antigamente, quando não existia e-mail, vinham tristemente substituir ansiadas cartas escritas à mão e postadas na agência dos Correios com aquele gesto imortal que era tentar alcançar, pela palavra, alguém distante, mesmo que passageiro, efêmero — descartável.

Entendendo a mensagem sutil do porteiro solícito, achei mesmo que tinha chegado ao limite o meu abuso de ficar ali atravancando a escadaria social do edifício e, num ato de civilidade, resolvi levantar-me e entrar. O cachorro imitou-me: levantou-se, espreguiçou-se gostosamente — cada músculo, até a ponta do rabo e as unhas —, abanou o rabo e fez menção de acompanhar-me resolutamente.

— Tchau, amigão, eu lhe disse, enquanto ele inclinava a cabeça e uma sombra de inquietação, de ansiedade e de desolação alterava-lhe a face e ele dava um passo tímido e implorante à frente.

Parei, perplexo. Imediatamente veio-me à mente a imagem atemporal da criança que chega a casa e diz para a mãe que o cachorro que está ali atrás esperando a seguiu, para completar, no jogo de cartas marcadas que é quase sempre a vida: "posso ficar com ele?" E cada resposta a essa pergunta marca, para sempre, a vida da criança, a existência do adulto que vem depois. Tinha sido assim comigo e a cachorra Pipoca, um relâmpago de felicidade que passou pela minha vida, uma tarde, há muitos e muitos anos, para nunca mais voltar, deixando só a lembrança da sua cara acesa com a mais pura alegria e do seu espírito feito da mais completa entrega, um animal mágico, uma força que irrompeu para iluminar-me o rosto de criança franzina e doentia com o meu melhor sorriso, incapaz, contudo, de revogar o *Diktat* que selou o seu, o nosso destino: "Cachorro em casa, não."

— Ah, não, foi a minha primeira reação intuitiva, gritada do fundo mais escuro da minha alma, do refolho mais sombrio do meu caráter, do pântano dos meus recalques, só me faltava essa. Fodido e tendo de cuidar de cachorro. Cachorro em casa, não. Puta que o pariu!

A minha vizinha da cobertura (ou *penthouse*, como querem muitos), que passava ao meu lado justo naquele instante e me olhava com ar de profundo desagrado (um maluco falando sozinho, ou com um vira-lata, tanto faz, e ainda por cima dizendo palavrões, bem na entrada social?!), trouxe-me rapidamente de volta ao mundo das minhas carências. Disfarcei e disse:

— Bom dia, não vi que a Senhora estava aí, eu estava aqui, falando com esse cachorrinho, parece que ele está perdido e veja só, parece que ele quer me adotar, mas não sei, não...

O "não sei, não" que eu reprovara ao meu amigo e ao Wilson, o Dubitativo, no outro dia, pareceu encorajar o bicho, sem resolver a ridícula situação em que eu me metera. Enquanto a senhora empertigada da *penthouse* (a cobertura, não a revista, infelizmente) me dava as costas e saía sacudindo levemente a cabeça em sinal de reprovação (imagino que também ao meu ar de tresnoitado e bêbado ou à minha voz cavernosa), para entrar no Mercedes-com-chofer que a aguardava junto ao meio-fio, o cachorro aproveitou para aconchegar-se às minhas pernas, como que se refugiando ali e quase fazendo-me tropeçar nele.

22

LOGO EM SEGUIDA DESCEU O DOUTOR FULANO de Tal e Coisa, grande figura, que saía saltitante para o seu *jogging* matinal acompanhado do seu "personal" e de um segurança inverossimilmente vestido com um terno fuleiro, de cor e listras mafiosas, óculos escuros, cara de mau, sapato mocassim de couro colorido, um *parabelum* saltando à vista debaixo do paletó, enfim, um perfeito lugar-comum, um pleonasmo ambulante. O Doutor Fulano me cumprimentou amistosamente, olhou-me de alto a baixo, perguntou alguma coisa sobre o *meu* cachorro, enquanto continuava a saltitar como se fosse um boneco de mola, e finalmente acariciou-o com simpatia. Ao terminar disse algo que me pareceu um cumprimento pelo bicho.

Como não me deu tempo de explicar o que já estava virando uma história um pouco comprida e desinteressante, fiz um gesto de quem de fato é o orgulhoso dono do cachorro objeto do elogio e fiquei ali com a cara apalermada enquanto ele se afastava correndo – no início, um pouco de costas –, e me dizia algo vago sobre cortar o pelo do bicho de vez em quando. E desandou a correr com os seus saltinhos, comentando alguma coisa com o seu "personal", enquanto o segurança me lançava de novo aquele olhar de indisfarçada suspeita com que devia sempre ver o mundo, as pessoas, as árvores, a sua mãe e certamente, também, os cachorros e os bêbados.

Fiquei ali um pouco indeciso até que resolvi ir andando escada acima para ver o que acontecia. O cachorro esperou um instantinho e saiu a andar atrás de mim, com o ar aflito e suplicante.

Parei. Ele parou. Andei de novo, ele me seguiu. Parei à porta e ia dizendo-lhe algo quando outro vizinho empertigado apareceu, cumprimentou-me, acariciou o cachorro e o elogiou, reprovando-me, contudo, a sua aparência desgrenhada.

— Eu estava justamente marcando para levá-lo ao cabeleireiro hoje, eu disse, sem acreditar na minha reação.

— Ligue lá em casa, a menina tem o telefone do *pet shop* que nós usamos para a Nárnia, completou, despedindo-se em seguida.

— Nárnia? Que Nárnia?, eu ia perguntando, mas achei melhor pensar o óbvio: devia ser a cadelinha da mulher ou da filha dele e a "menina" devia ser a arrumadeira. Eu já tinha posto os olhos nela, aliás, diga-se de passagem – era um pecado, um convite à luxúria em forma de gente –, mas apenas isso. Quer dizer, eu tinha apenas posto os olhos, nada mais. Não pense mal. E não me confunda.

Entrei portaria adentro, supervisionado pelo porteiro que me olhava entre perplexo e divertido e ainda se permitiu fazer-me um positivo com o polegar direito, em sinal de aprovação pela generosa adoção que eu acabava de fazer ou então apenas para mais uma vez mostrar-me a sua solicitude ancilar e proverbial (gosto de "ancilar" e "proverbial", dá um certo ar de autoridade a quem os utiliza). Ficamos assim, em gestos vagos de simpatia mútua, ele atrás do seu balcão lustroso, eu à porta do elevador, até que ele se deu conta de que eu entrara no elevador social com-cachorro-e-tudo. Ele ainda correu na minha direção, mas desta vez eu fui mais rápido e apertei o botão do meu andar. Ele ainda teve tempo de recordar-me, lá de baixo, com toda a educação, que o cachorro "também" devia usar o elevador de serviço.

— Ele ainda não sabe usar elevador, ainda pude dizer, abrindo um sorriso escancarado e franco, o primeiro em muito tempo, enquanto eu me agachava e acariciava de novo a cabeça do bicho, diciplinada e amistosamente sentado ao lado da minha perna esquerda.

Ele ficou assim, comportado e quieto, até que o elevador fez aquele ruído de "cheguei", antes de abrir a porta. Aí o bicho ficou de pé, atento, esperto. O ruído parecia-lhe certamente familiar. Devia ser um cachorro de apartamento, na certa.

Saí para o *hall* do meu andar e obviamente não precisei chamá-lo. Como eu demorasse a encontrar a chave, a minha impaciência me fez soltar uma das minhas interjeições favoritas de *yuppie* do Terceiro Mundo:

— *Oh, shit!*

O cachorro parece ter ouvido aquilo e imediatamente se sentou sobre as patas traseiras. Não sei que lampejo de consciência me fez chamá-lo para perto de mim, estalando os dedos. Ele se levantou e deu dois passinhos tímidos, a cabeça baixa, o rabo abanando a meia força, o olhar um pouco ressabiado.

— *S_h_i_t!*, eu disse de novo, mais devagar, olhando-o nos olhos.

E ele voltou a se sentar.

— Espertinho, você, hein? Venha cá.

Ele veio e eu corrigi a minha interjeição:

— *S_i_t!*

E ele se sentou de novo, mecanicamente. Abri outro enorme e generoso sorriso e, enquanto o acariciava gostosamente, resumi tudo, de novo na minha peculiar linguagem supranacional:

— *Bingo!*

Abri a porta e entramos juntos no apartamento, ele interessado no mundo novo que ia conhecer, eu só então dando-me conta de que levava posto no pé um par de sapatos pé-de-um-pé-de-outro. A situação ridícula — desde quando levaria postos os sapatos assim? — fez-me pular uma etapa do meu raciocínio e, quando fui ver, já tinha fechado a porta por dentro com o cachorro parado no *hall* de distribuição interna do apartamento, de onde ele me olhava, entre apreensivo e curioso.

— *Sit!*, eu disse.

Ele se sentou e foi assim que ficou na minha vida. A frase é cafona, mas resume bem tudo, e vamos adiante com esta história. Deixe-me só servir um pouco mais de uísque.

23

Decidi pedir o telefone do *pet shop* à "menina" do vizinho e por isso subi até o andar respectivo, tendo tido o cuidado de fechar a porta atrás de mim, deixando o cachorro dentro. Ele ficou aflitíssimo quando impedi que saísse e deu uns latidos de protesto que pude ouvir enquanto subia velozmente pelo elevador, que tinha ficado ali imobilizado, espiando com aquele olho entre assustador e solitário de todo elevador que permanece parado no andar (eu sempre achei um sinal de imensa solidão sair do elevador para chegar ao apartamento e tempos depois voltar para chamá-lo outra vez e ver que ele não saiu do lugar, que ficou ali espiando com aquele olho da janelinha triste...). Depois, ele se calou. O cachorro, não o elevador.

Toquei a campainha do vizinho e veio atender-me a "menina", que de fato faria a alegria de qualquer um naquela ou a qualquer hora do dia ou da noite. Era uma espécie de arrumadeira, vestida como uma caricatura de arrumadeira de mansão de filme dos anos 40, com roupa preta de babados, a saia provocadoramente acima do joelho e uma touquinha de renda no cabelo. Cada uma! Touca de renda no cabelo! Nunca me havia dado conta a que extremos podia chegar a minha ilustre vizinhança. Logo, porém, deixei de lado a reflexão politicamente correta e dediquei-me a comprovar quantos prazeres prometia a figurinha simpática da moça.

Eu não estava muito para conquistas baratas, porém, e preferi apenas a fruição estética da cena. A menina era uma deusa e suas curvas, um poema à espera apenas de ser declamado. Cafajestice refinada é isso aí.

Pedi-lhe o tal telefone, que ela me deu com um sorriso encantador, depois de gastar um bom tempo procurando num aparador do *hall* de entrada e em uma mesa baixinha, enquanto deixou a porta aberta permitindo-me ver algo das entranhas do apartamento (que era de muito bom gosto) e, abaixando-se generosa, provocadoramente, da sua silhueta traseira.

Ela ainda puxou uma conversa fiada sobre a novidade de eu querer o telefone do *pet shop*, e eu me deixei levar um pouco pelo diálogo sem compromisso, encantadoramente sem compromisso. Havia-me dado conta de que fazia muito que não tinha uma conversa amena, despropositada e inocente com quem quer que fosse e pela primeira vez em muito tempo senti uma grande paz ao conversar com uma mulher bonita e muito atraente, sem segundas nem terceiras intenções. Nem a minha voz rouca me atrapalhou como eu teria imaginado, impressionei-me.

Agradeci-lhe, anotei mentalmente que devia voltar à carga com ela mais adiante, em outra circunstância, e voltei para o meu andar, depois de tomar o elevador que havia ficado ali me esperando — espiando.

Cheguei e encontrei o cachorro jururu, olhando com um olhar comprido e fixo para a porta, deitado em cima da minha poltrona *bergère* italiana chiquérrima de duzentos milhões de dólares, beige clarinha (pelo menos, até ali). Ele alçou as orelhas (que estavam dobradas de amargura e desconsolo), recolocando-as na posição altiva e divertida em que sempre as levava (descobri depois ser o traço mais característico desse cachorro), e abanou-me generosa, amigavelmente, o rabo. Só então pulou no chão e veio saudar-me efusivamente à porta, mas com um ar de dono-da-casa que ninguém aguentava.

Ninguém, menos eu. Abanei a cabeça em sinal de condescendência e acariciei-o com alegria, com entrega. Era a primeira vez em muito tempo que alguém saudava a minha chegada a casa com alegria sincera, com interesse legítimo, com imensa, incomensurável amizade.

Como estava exausto — "em petição de miséria", como diz a minha mãe, um verdadeiro museu vocabular, como você já deve ter notado —, tratei de tomar um improvisado café da manhã, depois de colocar um prato fundo com água para o bicho, que a sorveu de uma só vez, com um enorme ruído da língua, lambendo-a sofregamente, e me olhou em seguida com cara de quero-mais. Achei-o meio folgado, mas ao mesmo tempo a sua sinceridade e a simplicidade com que me comunicou o seu desejo quando viu que eu o atenderia me encheram de um prazer juvenil.

— Que bicho mais simpático você é, disse-lhe, e ele me olhou com a cara enviesada do ponto de interrogação.

— O que você sabe fazer?, perguntei-lhe depois. Você...

E ele olhou com a cara enviesada outra vez.

— Você...

E de novo. O bicho como que falava, ou respondia, ao som de "você".

— Você quer...

E outra vez a cara enviesada e o gesto de atenção.

— Passear?

O bicho ficou em uma enorme excitação, como que ligado pela palavra mágica. Ainda improvisei uma prova dos nove:

— Passssssarinho.

Mesma coisa. Ao som de "passsss" ele reagia como uma criança em dia de Natal.

— Pata, pata!, emendei, como um idiota.

Não há nada mais idiota do que um marmanjo pedindo a pata para um cachorro com voz tatibitate de bebê. E mais se o idiota — o marmanjo — está agachado no chão, de quatro.

Ele me deu a pata dianteira esquerda. Altivo.

— O bicho é automático, eu disse, sorrindo. Já vem pronto para usar! Que máximo!

E desencavei mais duas ou três ordens que me vieram lá do fundo da memória, sobre coisas que cachorro devia saber fazer. Ele acertou todas.

— Deite, deite.

E ele deitou.

— Rola, indiquei, girando o dedo na sua direção.

E ele rolou.

— Que coisa incrível, murmurei, cada vez mais perplexo. Quem abandona um bicho assim!

Sentei-me à mesa com a minha xícara esfumaçante e fiquei ali, sorvendo o café em pequenos tragos enquanto olhava o cachorro que se deitou ao meu lado, como se tivessse feito isso todos os dias da sua vida, com um ar tranquilo de quem recuperou uma grande segurança na vida. Não demorou muito e ele se mexeu, apoiando o queixo sobre o meu pé direito, que eu tinha um pouco esticado de lado, e ali se deixou ficar, enquanto eu o olhava, entre perplexo e divertido, tomando cuidado para não fazer nenhum gesto que o afastasse, que o assustasse, que importunasse a cena doce de entrega e confiança que havíamos criado ali, um para o outro.

Ficamos assim um bom tempo, em que por primeira vez, depois

de muito, eu me senti em paz. Vazio, distante, pensativo, docemente intrigado, mas em paz. Uma boa sensação, enfim.

24

COMO AINDA ERA CEDO e não havia muito o que fazer até a hora do almoço (não que depois houvesse), decidi levar o bicho ao *pet shop* imediatamente e por isso liguei para o número que a menina me havia dado.

Tocou, tocou, até que uma voz aflautada de mulher respondeu do outro lado com essas fórmulas telefônicas que irritam profundamente pela sua pretensão vazia – "*Pet Shop* (e vinha um nome, lá), bom dia?" (por que a entonação de interrogação, sempre me perguntei). E o diálogo prosseguia do lado de lá: "com certeza!", "eu vou estar transferindo você para a atendente", essas bobagens, com gerúndio débil mental de *telemarketing* e tudo.

Bem, falei com a tal atendente, que a princípio opôs alguma dificuldade e queria marcar o banho e o corte de cabelo do bicho para dali a quatro dias, porque "nós estamos completos no momento", mas acabou reconhecendo que eu poderia "estar levando" o cachorro imediatamente, "no horário das onze e meia", que era dali a pouco.

Se havia horário livre, por que tanta formalidade?, indignei-me. E atinei: só para dar a impressão de que não se vai ligando assim e se consegue tudo. Loja chique. Chique como a puta que o pariu.

Como a moça "ia estar marcando" o corte conforme eu pedira, decidi que não podia levar o bicho de táxi ao *pet shop* e por isso liguei para a concessionária onde havia acabado de deixar o Roadster para avaliação. O sujeito reagiu primeiro com certa perplexidade do outro lado, mas no fundo parecia estar acostumado a essas esquisitices dos seus clientes *yuppies* e excêntricos e respondia com pachorrenta indiferença às bobagens que tinha de administrar em função disso e da clientela que o torturava diariamente com as suas besteiras e frescuras.

Bem. Deixa pra lá. Marquei a hora no *pet shop* e, surpreendentemente acordado diante da situação, ainda dei um pulo até um pequeno supermercado próximo, a pé mesmo (depois de ter trocado o par troncho de sapatos por uns tênis confortáveis de *yuppie*) e comprei ali "alimento para cães" — gosto de como a publicidade traveste comida em "alimento", sapato em "calçado" e pasta de dente em "dentifrício", para continuar vendendo comida, sapato e pasta de dente a qualquer retardado que precise de orientação ou indução para comprar "alimento", "calçado" ou "dentifrício" — sem prestar muita atenção no que seria a óbvia relação entre o cão da embalagem — um gigantesco dinamarquês, descobri mais tarde — e o tamanho do biscoito duro, tipo bolacha de marinheiro, que tem lá dentro para o seu bicho comer. A imbecilidade se manifesta também nos detalhes.

Fui num pé e voltei noutro, como diz a minha mãe. Enchi um prato de porcelana do jogo de Limoges que algum incauto nos dera de presente de casamento, a mim e à minha mulher, apostando em alguma improvável eternidade da relação que ali se sacramentava, e dei-o para o bicho — tive o ímpeto de fazer "pi-pi-pi", como se faz para chamar frango para comer milho (era a experiência animalícia mais comprovada que eu tinha), mas felizmente algo me reteve no meio do caminho e eu me limitei a chamá-lo com umas estaladas de dedo, como se deve.

Eu evoluía rápido.

— Como é que você se chama?, perguntei-lhe de passagem, enquanto ele inclinava a cabeça ao som de "você" e eu me dava conta, ao mesmo tempo, de que não tinha como saber o seu nome e de que eu não tinha o direito, ao menos por enquanto, de aplicar-lhe algum, mesmo tomando o cuidado de não ficar nos ridículos "Rex" ou "Totó", nem de sofisticar apelando para nomes literários, como "Flush" ou algum outro. "Baleia", não: era nome de cachorra de retirante, consegui completar o raciocínio idiota.

Deixei-o ali, com um ar de desconsolo diante do horrível "alimento para cães", seco e duro, com que eu decidi saudar a sua entrada na minha vida, e, abstraindo de novo a suprema ansiedade com que ele me acompanhou até a porta e ficou lá no *hall* latindo e depois chorando baixinho, corri até o concessionário, onde fui recebido pelo atendente simpático que já me anunciou haver um cliente interessado no meu conversível de coleção.

Desconversei, prometi que voltaria depois, expliquei que só precisava do carro um pouquinho, hoje, arranquei e passei em casa para pegar o cachorro, que me recebeu com uma festa que nada tinha a ver com a imensa decepção que lhe causara a sua primeira refeição e o novo abandono, momentâneo e desesperador, que eu lhe brindei com a minha terceira saída intempestiva.

Ele não havia comido nem um croquete gigante do prato.

— Acho que ele não gosta de porcelana de Limoges, ri-me.

Descemos até a garagem e eu o coloquei no carro. Abaixei a capota e saí, atrasado, afinal, depois de tantas tribulações, em direção ao *pet shop*.

Lá cheguei esbaforido, como estava virando o meu hábito, e parei o carro no proibido, bem na frente da loja, também segundo o meu costume, sempre muito respeitado por solícitos guardas de trânsito que faziam uma simpática vista grossa para esse tipo de pequena contravenção do cotidiano *yuppie*. Deve ser outra vantagem de ter esse tipo de carro. A nobreza obriga, deve pensar o guarda.

Gosto de "a nobreza obriga". Mas acho que eu já disse isso antes.

25

Era uma loja chiquérrima, dessas, tão comuns na minha cidade de tantos contrastes, que deviam ser fechadas por atentado ao pudor, tamanha era a ostentação da sua fachada e da sua vitrina.

Tinha, é certo, um imenso bom gosto na sua decoração minimalista, mas de materiais caríssimos. Mais parecia uma joalheria, ou um restaurante chique da moda, até no detalhe, fornecido por mim, do carro importado e enxerido parado na porta.

O bicho estava quietinho no assento ao lado e ficou ali paralisado enquanto eu saía, dava a volta e o retirava por cima do vidro semidescido. Um "flanelinha" veio me comunicar taxativamente que olharia o carro e eu lhe fiz um sinal de positivo com a mão esquerda, enquanto segurava o cachorro como se fosse um urso de pelúcia com a direita. Ele pedalou um pouco no ar — o cachorro, não o "flanelinha — , mas, ao ajeitar-se melhor no meu braço, acalmou-se e se aconchegou. Esperei que um segurança parrudo abrisse a porta de blindex e entrei, meio intimidado pelo ambiente e pela situação toda.

— A senhora sabe me dizer a marca deste bicho?, perguntei, simpático, depois de me ter apresentado como "o cliente das onze e meia" a uma senhora bem vestida e cheia de empáfia, que me pareceu no princípio ser a dona ou a gerente da butique de cachorro, mas que era apenas a "atendente" a quem a telefonista me "estaria transferindo" quando chamei mais cedo.

Ela estava displicentemente examinando uns papéis e uma agenda e demorou um pouco a me responder, o que acrescentou certa dramaticidade piegas ao diálogo.

— Cachorro não tem marca, tem raça, disse ela, didática, depois de conferir o relógio e, acho, perguntar-se com ironia, e não sem razão, o que fazia ali, àquela hora, um marmanjo que devia estar trabalhando em algum banco, financeira ou agência de publicidade, por exemplo.

Paranoia é isso: é ter a certeza, que outros incautos não têm, de que você está sendo perseguido o tempo todo, por todos. Eu, por exemplo, sempre estou.

E, depois de uma pausa significativa:

— É um *Westie*, ensinou-me ela, com a sua empáfia redobrada e olhando-me por cima dos óculos, uns óculos enxeridos que lhe davam um certo ar sensual de intelectual, otimizado pelos lábios carnudos e bem feitos.

Ela olhou um pouco mais de perto o bicho e sentenciou:

— Está maltratado e com o pelo completamente sem corte, mas se vê que é um esplêndido *Westie*.

— Um quê?

— Um *Westie*. Um *West Highland White Terrier*. Um terrier branco...

— Hum, fiz, sem muita convicção, enquanto tentava repassar centenas de peças publicitárias com cachorros para ver se identificava algum, mas não ia adiantar, porque, como a atendente mesma disse, ele estava desgrenhado, sujo e maltratado, e em publicidade nunca se usa cachorro assim. Eles sempre parecem bichos de pelúcia. Tudo em publicidade parece bicho de pelúcia.

— Que nome comprido, emendei, bestamente, sem muita convicção, traindo o meu completo amadorismo na matéria.

— É um animal muito valioso. É do Senhor?, inquiriu ela.

— Não. Quer dizer: é, acho que sim. Eu acabei de adotá-lo. Acho que acabei de adotá-lo, completei, abaixando a vista e acabando de avaliar as curvas da atendente.

Ela me olhou com um ar de desconfiança, mas o reluzente Z-3 displicentemente estacionado em frente da porta de entrada pareceu tranquilizá-la. Tive a certeza de que me havia visto chegar e de que sabia avaliar o preço do carro. O preço do carro e a grana do dono.

— São ótimos animais. O Senhor vai gostar. Tem o *pedigree* dele?

— Não, respondi, sem jeito e um pouco aflito. Precisa de *pedigree* para trazer o bicho aqui?

— O Senhor disse que adotou o animal; eu só queria saber se lhe deram o *pedigree* ou algum documento, disse ela, com alguma impaciência. Ele tem uma tatuagem?

"Por que será que cachorro vira 'o animal' nessas situações?", inquietei-me intimamente, mas sem ousar verbalizar o pensamento, um pouco envergonhado com os comentários chãos e torpes que havia feito até ali, em poucos segundos de conversa, e temeroso de agravar a minha situação de inferioridade diante da apetitosa interlocutora.

E emendei:

— Olhe, eu não tenho nada dele, não; não sei nem o nome do bicho, ele apareceu assim, lá em casa — lá em casa, não, no meu apartamento, na frente do meu apartamento —, fez essa cara de urso de pelúcia que ele está fazendo agora e eu fiquei com ele. Eles sempre fazem essa cara de urso de pelúcia? Ainda não decidi completamente. Quer dizer, não se ele sempre faz essa cara de urso de pelúcia, mas se eu vou ficar com ele. É um cachorro abandonado, entende? Ou perdido. Como eu, aliás, acrescentei, mas segurando-me para não dizer o "diga-se de passagem" maldito, que sempre entra na hora errada, ao menor descuido.

26

JÁ ME TINHA CONVENCIDO de que a atendente ainda dava um bom caldo, de que nem era tão senhora assim e de que quem sabe se interessaria pelo romantismo inequívoco da minha situação, a compensar talvez um pouco os meus sentimentos sexistas de todo momento.

— Mas por enquanto quero dar um banho de loja nele, e um bom banho também, e um corte de cabelo, completei.

— Uma "tosa", corrigiu-me ela. Cachorro não "corta cabelo", cachorro é "tosado", disse ela, fazendo com as duas mãos o gesto de colocar aspas antes e depois das duas expressões.

Didática. Todo chato é didático. Eles explicam. Eles te corrigem. Eles materializam as aspas com que se expressam. Eles insinuam a sua superioridade. Eles percebem que você está indefeso. Eles te pisam em cima e te chamam de lagartixa.

— Que bom que você me ensina tudo, não é?, fui-me aborrecendo, apesar das curvas atraentes da "atendente", convencido, sem qualquer ilusão e com a velocidade da experiência, de que, apesar de tudo, não há curva que contorne a chatice.

Ficou um clima um pouco pesado, ou pelos menos assim eu senti, e continuei, impertinente:

— Também preciso de "alimento para cães" para esse "animal", eu disse, colocando também as duas expressões entre aspas da minha mão. Ele parece que não gostou do que eu comprei para ele, lá em casa. Eram uns biscoitões deste tamanho — fiz o gesto com as mãos, sem perceber que podia ser mal interpretado. Sabe como é, eu nunca fui pai de cachorro antes. E ainda fui inventar de botar o "alimento" no prato de Limoges..., completei. E parece que ele não gosta de Limoges, deve preferir Sèvres...

Eu não conseguia parar. O ruim de ser tímido e ao mesmo tempo descarado é que você fica nessa situação ambígua. Ela fechou a cara, como convinha, e não fez mais nenhum comentário. Eu é que dei a nota, murmurando em voz alta, para grande perplexidade dela e de uma cliente mais interessante do que ela, que acabava de entrar e que imediatamente passou a ser o alvo do meu olhar indiscreto, lascivo e conspícuo:

— Um *Westinghouse!* É o que faltava. Não só o bicho tem marca, sim, mas ainda é marca de geladeira.

O cachorro — "o animal" — me olhou com um olhar de suprema desolação, enquanto a atendente gostosona profissionalmente o levava para dentro da loja e o entregava a um "cabeleireiro de cachorro", que estava vestido de avental impecavelmente branco e que se pôs a conversar com o bicho como se ele fosse uma criança — o bicho, não o sujeito do avental. Acompanhei a cena toda com certa inquietação e um sentimento de culpa pelo que o cachorro pudesse estar pensando ou sentindo — devia achar que estava sendo abandonado de novo e isso me doía tanto quanto devia doer a ele. Ao regresso da atendente gostosona, disse-lhe que queria um equipamento completo de cachorro, enfim, coleira, guia, prato de comida, prato de água, uns brinquedos. Ah, e comida. Comida, não, "alimento".

— Sabe como é, né, "cachorro também é ser humano", como dizia aquele sujeito, um Ministro, acho.

Essa é boa. Nem sei por que me veio aquela idiotice, mas veio. Na cabeça de quem disse isso, devia estar escrito "cerumano". O cara era uma anta de tênis! Anta de tênis também é "cerumano".

E abri um vasto sorriso ("quem ri sozinho das suas maldades se lembra..."), que dividi generosamente entre a atendente gostosona, tentando recompor a nossa relação já um pouco prejudicada, e com a tal cliente ainda mais apetitosa. Não sei por que ainda insistia em achar que dali sairia alguma situação interessante para mim.

Os meus dons de sedução estavam visivelmente prejudicados, entretanto, mas eu não parecia me importar com isso.

A atendente me olhou de novo com enfado — tinha sido um caso de ódio à primeira vista, bastante frequente comigo, aliás — e se pôs a juntar um monte de bugigangas, pacotes e latas de comida, que no final, somado tudo, com banho, "tosa" e o mais, noves fora, divide por dois, custaram vários tanques de gasolina do Z-3 (tanques de gasolina do Z-3 eram o meu padrão monetário de referência para o quotidiano; para situações mais complexas, usava "Chivas 17 anos" ou "Romanée Conti"). Paguei tudo, menos o "banho e tosa", que ela não quis cobrar enquanto eu não visse o trabalho feito, explicou-me, didática. Uma chata. Gostosa, mas chata pra caramba, que é uma combinação frequente, aliás, diga-se de passagem.

Tentei argumentar, só para registro, mas ela me disse que voltasse dentro de três horas e ostensivamente deu-me as costas — e que costas! — para atender a outra cliente, que trazia um desses cãezinhos de colo mais conhecidos, um *poodle*, acho, todo amaneirado, que imediatamente comparei ao meu cachorro, com grande sentimento de superioridade e uma ponta de enorme satisfação e orgulho.

Da porta, coberto de pacotes e volumes, ainda me voltei para olhar pela vidraça o bicho sendo lavado lá dentro, enquanto o sujeito do avental continuava a amolá-lo com o seu monólogo. Deviam pendurar lá uma placa — "Fale ao cachorro somente o indispensável".

Enfiei tudo no minúsculo porta-malas do Z-3 e fui matar o tempo, à espera de poder voltar para buscar o "animal", como dizia a mulher da loja, de quem me esqueci em questão de segundos, passando a cultivar apenas a imagem fugaz da moça do *poodle* enxerido. Quem sabe ela não estaria ali quando eu voltasse para recolher o meu bicho – o meu "animal"?

27

ENTREI NO CONVERSÍVEL E FIQUEI ALI MEIO SEM SABER O QUE FAZER, sentindo um enorme e para mim inexplicável vazio, inconsciente ainda de que aquele bicho tinha passado a ser o centro da minha vida, pelo menos naqueles momentos, e de que era bom que assim fosse. Achei bobagem ficar parado, à toa, como motorista-de-cachorro à espera de que termine os seus afazeres (os do cachorro), e decidi sair para matar o tempo, no que já se estava tornando uma especialidade minha. Desde que eu nasci.

Liguei o carro e perdi um tempo enorme, mas sem medida, decidindo o que fazer, se ir para cá ou para lá, até que um sujeito nervoso que estava esperando a minha vaga no lugar proibido buzinou com mais insistência e me fez uns gestos de interrogação sobre as minhas reais intenções.

Acho ótimo quem fala por gestos. Saí distraidamente e quase provoco um pequeno acidente, por ter fechado sem querer uma senhora que vinha andando decidida com a sua van e teve de dar uma horrível brecada para evitar-me. Mas ainda tive tempo de ver o guarda que estava ali implicar com o sujeito que esperava a minha vaga para tomá-la de assalto, obrigando-o a ir procurar lugar noutra freguesia. Afinal, era um lugar proibido e o sujeito não estava guiando um Z-3 reluzente e empertigado, nem era um gatão de meia-idade como eu. Um Tigrão. "Minha terra não tem só palmeiras", etc. Estou ficando repetitivo.

Bem, desculpei-me, pelo retrovisor, com a senhora em quem dei a fechada e saí zunindo com o meu carro, sem destino, sem memória, sem nada, apenas o gosto indescritível do carro levando-me pelas ruas com a capota aberta, como se eu estivesse desfilando diante de todos a minha desocupação do momento, mas, por alguma razão misteriosa sem a sensação de que estivesse sendo objeto de alguma reprovação ou dúvida. Pode ser que fosse o carro reluzente e lindo com a sua capota abaixada em um dia esplendoroso que me desse essa sensação de certa onipotência, mas vá saber.

Um pouco adiante um sujeito com um carro metido começou a tentar forçar a passagem por mim e eu me aborreci. Em vez, contudo, de agredi-lo com um "dedão" bem lançado – ou mesmo a tradicional e nacionalíssima "rosquinha", já tão em desuso –, ou ainda algum palavrão, preferi parar ao seu lado no próximo semáforo e dizer-lhe, com o tom mais esnobe que consegui, e sem maior dificuldade, "diga-se de passagem":

— Amigo, não adianta forçar, você não vai chegar lá primeiro porque nós não estamos indo para o mesmo lugar...

E saí sossegadamente, rindo-me de novo como fazia tempo que não ria e esperando que o sujeito compreendesse em toda a sua malvada extensão o signifado da frase. "Quem ri sozinho..."

No sinal seguinte, parei na fila da direita, bem à frente, e ele parou ao meu lado esquerdo, espumando, olhando feio. Acelerei várias vezes, desafiadoramente, e ele também, aceitando o desafio. Quando o sinal abriu, ele saiu que nem um louco, cantando os pneus e fazendo o maior estardalhaço, mas eu tranquilamente virei à direita, rachando-me de rir.

Eu avisei que não íamos para o mesmo lugar, mas ele deve estar até hoje achando que afinal chegou primeiro, sim.

Em seguida não me ocorreu nada melhor do que ir cantarolando "Vamos por aí eu e meu cachorro...", de forma um tanto óbvia e pouco criativa, sem ter muito bem em conta o significado todo da bonita canção de Maurício Tapajós e Paulo César Pinheiro, sem nem mesmo recordar o seu nome, Pesadelo, aplicável a tantas situações, mas certamente — convenhamos, "diga-se de passagem" — não à minha, ao menos naquele momento. Mas fiquei feliz cantando "Vamos por aí eu e meu cachorro", mesmo que o cachorro não estivesse comigo ali naquele momento — era só forma de dizer, como se diz. A partir daí, parecia, eu iria sempre por aí, eu e o meu cachorro. Tive uma imensa sensação de conforto e segurança.

A associação de ideias me fez ficar com saudade do bicho e fui descomprometidamente dando a volta para retornar à loja de animais, ainda com muito tempo à frente para matar. Lembrei-me, porém, de que tinha alguma inquietação estomacal e decidi entrar no *go thru* de um *fast food* insosso, onde, com algum esforço ridículo, porque o conversível é baixinho e não foi concebido para entrar em nenhum *go thru* de nenhum *fast food*, faça-me o favor, consegui pedir um sanduíche nojento chamado, vai saber por quê, "*Big Brother*", "uma fritas" pequena e um refrigerante médio, desses que vêm direto do Alasca com meia geleira picada dentro e dão uma dor de cabeça horrível ao primeiro sorvo. Ah, e de sobremesa uma torta quente de maçã, dessas na verdade recheadas de lava de vulcão.

Aguardei a bolsa — que quantidade obscena de lixo eu produzi para comer aquela porcaria! — e de novo tive de esticar-me todo no assento para alcançar o pacote, quase derrubando o refrigerante e sua tonelada e meia de gelo picado sobre o painel e o estofamento de couro de vaca sagrada indiana que ornamentava o carro.

Degluti tudo ali mesmo, no estacionamento, sem importar-me com o que parecia ser a contradição em termos — gosto de "contradição em termos" — do conversível chiquérrimo parado num estacionamento de *fast food* com um idiota dentro enchendo o bucho com um sanduíche nojento. Mas não havia contradição alguma, e menos ainda em termos, afinal: sempre detestei entrar sozinho em restaurantes e preferia o desconforto do carro e o risco de sujar o assento com maionese fuleira e picles a sentar-me desacompanhado em uma mesa, objeto de todos os olhares inquisidores das mesas ao lado, famílias comendo alegremente, adolescentes atrevidos, meninas atemporais do corpo de sonho que desaparecem depois para sempre, qual maliciosas miragens do deserto, todos com os cenhos franzidos de interrogação sobre o desconhecido que se atreveria a vir passear ali a sua suspeitíssima solidão, que só poderia ser produto de alguma maldade, de alguma insana perversão, de algum misterioso refolho no seu caráter...

Ao terminar o "lanche rápido", dei, como convinha, após semelhante comida e o tal refrigerante gasoso médio que rachava os dentes de tão frio, um sonoro arroto — involuntário, mas sonoro, altissonante, tremendo —, que chamou a atenção de uma senhora que ia abrindo a porta de um carro ali perto.

Fingi que não fui eu, contra toda evidência, e diverti-me recordando algo que um amigo uma vez me contou, um publicitário que tinha estado presente em uma festa em Londres em que lançavam "guaraná" brasileiro no mercado local — "guaraná" é que nem jaboticaba, não apenas existe só no Brasil, como só brasileiro aprecia, e não adianta perder tempo tentando convencer os outros, mas de tempos em tempos alguém lança guaraná em algum país como uma grande novidade, na vã esperança de que desbanque outros refrescos imperialistas e se imponha finalmente como a verdade refrescante universal.

Bem, serviram o tal guaraná e uma duquesa lá, uma qualquer da realeza, tomou educadamente a estranha e borbulhante bebida (sem levantar o dedinho, levantar o dedinho é cafona, nem vem, pode ir mudando a imagem que você formou aí), fez uma cara de soberana perplexidade com o efeito espicaçador do gás em excesso e soltou um arroto, não tão alto, decerto, como o que eu tinha acabado de soltar — para isso se é da realeza —, mas um arroto, afinal, suficientemente conspícuo para ser notado dezenas de metros à volta, acompanhado do comentário:

— Que bebida mais desgraçada!

Liguei o carro, rindo-me de novo sozinho ("Quem ri sozinho..." — adoro isso aí, como já deu para notar), dei ré para sair da minha vaga e, ao passar pela tal senhora, que me olhava cheia de reprovação pelo meu sonoro arroto, disse-lhe com o meu melhor sotaque britânico:

— What a most disgraceful drink!

Ela fez uma cara hilariante de perplexidade e eu saí às gargalhadas, voltando ao *pet shop* para buscar o "animal", depois de momentos atemporais de passeio pelo trânsito engarrafado da minha cidade, um vazio na cabeça, um sorriso discreto no canto dos lábios, um certo calor bom no coração.

28

CHEGUEI E ELE ESTAVA PRONTINHO, branco e maravilhoso, com um corte de cabelo — uma "tosa" — que parecia de cinema ou de publicidade, mas com um ridículo lacinho no cocuruto da cabeça. Ele ficou agitadíssimo ao me ver — era uma soçobra feita de angústia e ansiedade mescladas e temperadas com a promessa de uma rápida libertação — e, com incontida e deliciosa alegria, começou a dar uns pulinhos na jaula com as suas patinhas curtas, o coitadinho. Paguei finalmente o banho e a "tosa", pedi à atendente, com insuportável altivez (como achei que ela merecia, a gostosona), que retirasse o lacinho de fita e peguei o bicho no colo, depois de fazer-lhe uma festa na cabeça. Ele de fato parecia outro cachorro, pronto para ir para o estúdio para ser o centro de alguma peça publicitária que lamentei não estar eu mesmo produzindo (e uma sombra passou rapidamente pelo meu olhar, senti). Ainda gastei uns segundos para ver se avistava a dona do outro cachorro que havia incendiado a minha concupiscência por uns momentos, mas, diante da sua evidente ausência, abandonei o pensamento por completo e voltei a me ocupar do meu cachorro.

Coloquei-lhe a coleira em volta do pescoço e o pus dentro do carro, por cima do vidro fechado do lado direito. Veio o "flanelinha", com um ar reprovador de quem me havia esperado para acertar a primeira conta, mas resolvi o assunto dando-lhe uma polpuda gorjeta, a que ele respondeu com um sorriso desdentado, mas luminoso — pena que a vida não é uma fotografia e sim um filme, porque senão ele seria o mais radiante dos seres humanos, pudesse aquele momento ser congelado:

— Falou, aí, tio!

Pus o cachorro no banco do carro e entrei nele, do outro lado, como não fazia há semanas, há meses — pulando por cima da porta e encaixando-me no assento, com apenas um pequeno mau jeito, que disfarcei, para o caso de alguém estar olhando — a atendente gostosona, ou a mulher do *poodle*, uma estudante apetitosa no ponto de ônibus ou a Dona Farunfa voltando da feira. Acomodei o bicho — ele parecia muito à vontade no carro — e saí zunindo, o meu cabelo e a pelagem elegante do cachorro esvoaçando ao vento, deliciando-me com o olhar entre perplexo e divertido das pessoas na rua, sobretudo por causa do cachorro, que fazia uma combinação hollywoodiana com o conversível vermelho e parecia feliz com o vento que lhe acariciava as suíças da cara e o pelo inteiro do corpo, combinando-se com o frescor e o conforto que devia sentir depois de um esperado banho, adiado por semanas, quem sabe por meses.

O seu ar de felicidade pura e de bem-estar não pareciam ter paralelo na minha lembrança. O bicho estava de novo de bem com a vida e até tentou colocar a cara para fora. Baixei um pouco o vidro e ele ficou ali, feliz, com a língua drapejando ao vento, até que se cansou e voltou a sentar-se no banco, comportadamente, mas com um intenso, visível prazer.

Em certo momento, empolgado com a sensação boa que me subia pelo rosto, acelerei para pegar um sinal verde que ameaçava amarelar, quando um idiota se meteu na minha frente, furando o sinal vermelho do outro lado, e eu o carimbei mais ou menos como vinha, sem ter tido mais do que um átimo de segundo para enfiar o pé no freio. Os *air bags* do conversível estouraram na minha cara e na do cachorro, cobrindo-nos de pó branco (bem, para o cachorro não fazia muita diferença), e ficamos os dois ali, apalermados com o ruído, com o susto, com o choque e com o ridículo da situação.

O carro ficou horrível, todo troncho, com o acidente. Mas ainda tive de aguentar o vexame que me impôs o sujeito do outro carro, uma carcaça caindo aos pedaços. Reconhecendo muito embora a sua culpa de forma implícita e agitando os braços como um boneco de ar desses de porta de posto de gasolina ou de loja de pneus, ele gritava desesperado para mim e para o pequeno público que rapidamente se aglomerou para ver a cena insólita do empertigado conversível carimbado contra um carro fuleiro e plebeu:

— A culpa não é de ninguém, a culpa não é de ninguém!

E, à medida que se ia dando conta do estrago sobretudo no meu carro, começou a reforçar a mensagem, de forma incisiva e quase persuasiva, em um arremedo de distributivismo populista de fazer inveja, e sempre sem interessar-se em saber se eu estava bem ou se tinha alguém ferido no meu carro:

— Eu pago o meu e você paga o seu! Eu pago o meu e você paga o seu!

Aquilo foi-me irritando muito, enquanto eu avaliava os prejuízos e a pena que me dava ver o lindo carro dos meus sonhos de infância amarrotado pelo choque — sem contar o trauma do pobre animal no banco do lado e a minha figura ridícula, coberta de pó branco do *air bag*.

— É isso aí, é isso aí!, insistia o sujeito, cada vez mais suplicante, mas sem deixar de ser taxativo e persuasivo e, portanto, insuportável.

Perdi as estribeiras:

— Porra nenhuma, ô meu amigo!, fui gritando para ele e para a plateia, que se deliciou com a minha *performance*. O meu quem paga é o seguro, e o teu você vai ter de vender para o ferro-velho junto com a tua mãe! Só para contratar o advogado na ação que o meu seguro vai enfiar pelo teu rabo adentro, seu bosta!

E explodi:

— Ora, porra. Olha o que você fez no meu carro. Eu devia cobrir você de porrada, emendei, sem muita convicção, pois nunca fui de cobrir ninguém de porrada, nem muito menos (ainda bem que o sujeito era franzino, quase tanto quanto eu — altura não é documento).

O tempo fechou e eu fui obrigado a participar ali de uma comédia urbana em um ato, com direito a vários figurantes e a um enfrentamento verbal entre partidários do pobre coitado do rapaz do carro velho, vítima do playboy do conversível metido, e legalistas — alguns talvez com um sentimento de temeroso respeito pelo que a minha figura de almofadinha representava —, que reconheciam a obviedade da culpa do sujeito e condenavam a sua imperícia, a sua periculosidade ao volante e o estado miserável do seu carro, verdadeiro perigo público a testar a cada esquina as leis da física, a emitir doses desproporcionais de gases de efeito estufa e a confiar soberbo na lei da impunidade que parece reger a vida cotidiana do meu país.

A tudo isso o cachorro assistiu petrificado de terror, latindo para mim de vez em quando lá do banco do lado, onde ficou de pezinho, olhando pelo vidro levantado, outra vez com o ar eterno de cachorro sem dono, de náufrago no meio da tempestade.

29

Achei aquilo tudo um mau presságio danado e aborreci-me imensamente, inclusive porque afinal acabei descobrindo, com a oportuna e auspiciosa ajuda dos policiais da viatura que veio atender o acidente — policial é legal porque só anda de viatura —, que eu estava com a carteira de motorista vencida, o que de certa forma acabava por dar, senão razão, ao menos certo consolo para o cretino-bocão — o elemento — do calhambeque que me interceptou o conversível e arruinou o meu dia, o meu mês, o ano inteiro.

Depois da imensa amolação que foi livrar-me da polícia e das tribulações do acidente e da carteira vencida, com a ajuda do meu caríssimo advogado, sempre solícito, passei a algumas providências práticas. Primeiro, foi a luta para conseguir o único táxi que se dispôs a me aceitar coberto de pó branco e com um cachorro a tiracolo, além das sacolas com os apetrechos caninos. Em seguida, foi levar o bicho, paralisado de terror, o coitadinho, de volta a casa, onde o espanei e lhe dei de comer peito de frango com polenta, que fiz vir de um restaurante ali perto (tipo *delivery*). Ele pareceu mais sossegado com a comilança toda e devorou os dois pratos que lhe pus em frente, e de onde eu mesmo retirei alguns bocados, simpaticamente compartilhados entre cão e dono, porque me esqueci de pedir algo para mim também — eu tinha enganado o apetite com a comida fuleira do *fast food* e o refrigerante ártico — e me bateu um vazio estomacal, uma certa fome, depois de tantas emoções.

Depois do lauto almoço, o bicho se acalmou e ficou por ali, deitado, esticado no chão, como uma rã, com as patas traseiras para trás e a barriga inteira no piso fresquinho da cozinha, enquanto eu dali mesmo fazia umas chamadas para o seguro e para a concessionária de onde nunca devia ter retirado o carro naquela manhã (depois da façanha de tê-lo deixado lá momentos antes, intempestivamente).

Atendeu-me um gerente de serviços com quem eu também havia falado de manhãzinha. O seu desconsolo com a notícia quase igualava o meu. Ele me perguntava detalhes do acidente e do estado geral do carro que quase o fizeram chorar, enquanto se indignava com o "meliante" que fazia uma coisa dessas, "justo com o Senhor, doutor", etc., etc. Ele tinha muita consideração por mim, pelo visto, e interesse pelo carro, também. Fiquei eu ali a consolá-lo ("ainda bem que ninguém se machucou"), a desculpar o pobre motorista da carcaça velha ("também não é para tanto"), a minimizar, enfim, a imensa chateação que tudo aquilo vinha adicionar à minha vida de *yuppie* empobrecido. Haja!

Em seguida, fui tomar banho e trocar de roupa, enquanto o cachorro, que me seguiu, deixava-se ficar no armário preguiçosamente, dormindo a sono solto, reconfortado depois de todo o estresse da "tosa" e do acidente. Ele desde o começo mostrou essa tendência a estar sempre do meu lado, onde quer que eu fosse no apartamento – ao banheiro, à cozinha –, mesmo que a minha movimentação visivelmente lhe causasse certa perplexidade e que o esforço de abandonar uma posição confortável para trocá-la por outra não lhe parecesse sempre tão agradável.

Saí cuidadosamente, sem fazer barulho, deixando o bicho tranquilamente ressonando no armário, e fui tomar providências para retirar o meu carro do local do acidente e devolvê-lo à concessionária, onde fui recebido pelo mesmo atendente que me devolvera o carro de manhã e que, à semelhança do gerente de serviços que me atendera ao telefone fazia pouco, insistia também em parecer ainda mais desconsolado do que eu com o acidente que havia cancelado a promissora venda que se ia fazer do carro (nunca soube se ele estava já de combinação com o outro desconsolado – sempre fui um navegador de superfície na vida e tudo o que se passa abaixo da linha d'água, nas relações humanas, escapa-me de forma patética).

Dei-lhe umas explicações sumárias, mostrei também a grande contrariedade que me causara o acidente e lamentei a venda prejudicada do carro, garantindo-lhe que me doía mais que a ele (apesar da comissão que lhe escapava pelas mãos, claro, mas não lhe disse nada). Afirmei-lhe que voltaria a contactá-lo quando o carro ficasse pronto, arrumado pelo seguro, etc., etc. Ele me agradeceu e eu o deixei lá, meio jururu, olhando o carro com um ar de desolação que em nada diferia do meu durante a cena depois do acidente.

Fui de novo andando a pé para voltar para casa, sentindo um enorme vazio, mas preocupado com o cachorro que havia deixado para sair sorrateiramente, antes de que ele aprontasse o escarcéu que havia feito quando eu saíra de manhã para buscar o telefone do *pet shop* com a menina — ai, meu Deus do céu! — do andar lá de cima.

No caminho, fui passando de um pensamento a outro, em uma corrente de consciência intensa e ágil, mas voltando a cada momento ao dia peculiar que começara naquela manhã, com aquela sensação de completo descontrole da situação, a mesma que lembra uma pedra que é jogada da ribanceira e vai rolando descontrolada barranco abaixo, acertando o que está no caminho, dando rebotes, até parar desconsolada, fora do lugar, lá em baixo. Uma noitada frustrada, coroada de rouquidão, terminara com um encontro inverossímil com um cachorro abandonado, ou perdido, que eu acabei adotando sem querer e que havia passado a orientar a minha vida, levando-me a fazer coisas incríveis que jamais sonhara, como pastoreá-lo até um *pet shop* de luxo para fazer-lhe a toilette e ficar pajeando-o como se fosse uma criança, para depois estampar o meu carro caríssimo contra um cretino-bocão que atravessa um sinal vermelho e fica gritando lemas distributivistas em plena rua, e em seguida compartilhar um suculento almoço com o tal cachorro, democraticamente sentado no chão ao seu lado, etc.. Bom, pensando bem, não era tanto assim, para dizer a verdade. Mas era uma mudança e tanto.

30

Como para me trazer de volta ao mundo, tive de contornar um aglomerado de gente que disputava o triste privilégio de ver mais de perto o corpo inerte e desfigurado de um ladrão baleado pela polícia durante um dos infinitos assaltos que dão uma espécie de assombrada vida à mesmice quotidiana da minha cidade.

"Tá lá o corpo estendido no chão / Em vez de reza uma praga de alguém...", cantarolei baixinho, imediatamente, sem poder resistir.

O corpo estava ali, jogado, esticado, arrulhado pelos comentários inconclusivos dos passantes admirativos, imerso em uma imensa e irremediável solidão em meio a tanta gente.

Apressei o passo, indignando-me, como sempre fazia – mas sem ir muito além disso, claro –, com aquela sem-cerimônia com que as pessoas invadiam a suprema intimidade da morte, mesmo de um desconhecido, sufocando a solenidade daquele rito de passagem – e a tragédia toda, individual e social, por trás daquela morte em especial – com conversas de bar ou observações intranscendentes e mesquinhas, pequenas, sobre a violência de hoje em dia, ou o mau caminho tomado pelos meliantes, ou os sinuosos percursos da justiça divina, ou a fatalidade do destino, essas bobagens.

Que tristes esses aglomerados em torno de pequenas ocorrências destinadas ao anonimato mais impiedoso, terríveis na sua desimportância ou na sua trágica indiferença. Que patético o trânsito lento de uma estrada porque os motoristas passam devagar, extremamente devagar, para olhar com mórbida curiosidade um acidente que sequer atravanca a pista, para dar vazão a algum sentimento oculto, velhacamente perverso, velho como a noite dos tempos – a sensação de estar vivo e inteiro diante da tragédia alheia, ou o acesso a alguma história diferente para animar uma existência pachorrenta e tirá-la da mesmice, do vazio tristonho de sempre.

Veio-me logo à cabeça, não sei por quê, mas na mesma sequência de ideias que me vinha ocupando na minha caminhada, o poema de Rimbaud, "Adormecido no vale", que eu sabia de memória e que fui recuperando pouco a pouco do fundo longínquo de uma adolescência impressionada e generosa com tudo o que ia descobrindo, a poesia, a guerra, a língua francesa...

No começo, é o olhar aberto do observador que vê o pequeno vale – "É um vão de verdura onde um riacho canta..." – e o foco que se vai fechando sobre o soldado — "Um jovem soldado, a boca aberta, a testa nua/Banhando a nuca em frescas águas azuis/Dorme..." — para descrevê-lo tranquilo no seu sono — "sorri mansamente/Como sorri no sono um menino doente/Embala-o, natureza, ele tem frio" — até fechar num dos mais belos e dramáticos *close ups* da poesia — "Adormecido, a mão sobre o peito/Tem dois furos vermelhos do lado direito."

Rimbaud.

𝄞 "Tá lá o corpo estendido no chão..."

Em seguida, na mesma associação de ideias, veio-me a lembrança plástica da cena de *O Leopardo*, quando o Príncipe de Salina encontra um soldado do 5º Batalhão de Caçadores morto no jardim, onde, já fatalmente ferido, com as entranhas de fora, havia ido buscar um improvável refúgio e onde havia encontrado uma morte sofrida e solitária, agora fedorenta, de um mau cheiro adocicado e inesquecivelmente desagradável — uma aparição insuspeitada que trazia em toda a sua dramática simplicidade a imagem da guerra até então imaterial e longínqua, com toda a sua carga de mudanças e de temores para a velha sociedade meridional que era representada pelo Príncipe de Salina. O velho Lampedusa. Foi assim que me lembrei dele naquele momento, depois de tanto tempo. Tanto tempo... Precisava um encontro como aqueles para evocar-me, assim, de improviso, o velho Lampedusa, o esplêndido Rimbaud, o

𝄞 "Tá lá o corpo estendido no chão..."!

Em cada latitude, uma evocação literária da morte violenta, lá a guerra, aqui a guerra também, menos solene, mais sórdida; lá, a História, aqui infinitas notas de rodapé de página policial que ninguém vai ler, ou, se ler, vai esquecer dali a pouco — " 'tá lá o corpo estendido no chão..."

Afastei com um gesto físico da mão aquelas imagens, preferindo resumir o sentimento geral do público, que ali passava uns momentos da sua "vida de calado desespero", com o versinho velhaco, o único que podia estar ocorrendo às pessoas que ali se achavam detidas, hipnotizadas diante da morte e da violência que se combinavam em uma dança macabra e sórdida sobre o calçadão manchado de sangue ainda fresco:

"Morreu, morreu.
Antes ele do que eu!"

E voltei apressado para casa, onde fui uma vez mais recebido pelo sorriso cordial do solícito porteiro, que me reprovou sutilmente, com palavras respeitosas cheias de maneirismos, o barulho que o cachorro estava fazendo desde que se deu conta de que eu havia sorrateiramente sumido, expressando assim o seu trauma ante o temor de ter sido novamente abandonado, quem sabe, o coitadinho. Apurei o ouvido e, de fato, lá estava ele, infringindo o artigo 228 do regulamento do prédio, com o seu latido alto, persistente e determinado.

Entretanto, ao iniciar-se o movimento do elevador, de onde eu podia ouvir o barulho, ele pareceu calar-se. Fiz todo o percurso em meio a um imenso silêncio, só afetado por algum desses solavancos que os elevadores dão de vez em quando, como a queixar-se da mesmice do seu destino de sobe-e-desce.

Cheguei ao meu andar, sob o mesmo silêncio, agora completo — o elevador ficou ali, imediatamente ocupado em espiar-me pela janelinha — e abri a porta do apartamento, com imenso alívio. Fui recebido pelo cachorro, com uma grande festa, uma indescritível alegria e uma ponta de reprovação que acreditei ver nos seus olhos negros e que se traduziria em um simples, sincero e amistoso:

— Ei, você me deixou aqui!

Uma reprovação sutil, apenas uma lembrança, uma observação.

— Ei, você me deixou aqui!

Uma orientação para a próxima vez.

Abaixei-me e abracei-o longa, demoradamente, sentindo contra o rosto o seu pelo macio recentemente lavado e escovado, o seu arfar emocionado e, na alma, a sua camaradagem, a sua infinita bondade, o que me pareceu a sua descomunal e generosa gratidão e, mais que tudo, a sua companhia.

E, em outra associação de ideias algo óbvia, não pude deixar de ter um pensamento para o morto anônimo e trágico que acabara de ver:

– Coitado!

Morrer assim, sem que Lampedusa ou Rimbaud o vejam. Sem que Stendhal se inspire naquela morte corriqueira... Meu Deus!

E passei o resto do dia cantarolando baixinho o "Tá lá o corpo estendido no chão..."

31

DEPOIS DA AVENTURA DO CONVERSÍVEL BATIDO, a vida retomou o seu curso normal – bem, relativamente normal –, não fosse pela novidade do meu novo companheiro confortavelmente instalado no apartamento, a exigir-me uma dedicação que eu não recordava ter dado a nada nem a ninguém fora do estrito exercício da minha deliciosa profissão de publicitário – uma campanha, um cliente com uma conta polpuda, um congresso em que se trocavam experiências sobre como vender qualquer coisa a qualquer um de qualquer forma, desde que fosse criativa e genial, nessa apologia de um dos traços mais unificadores da humanidade inteira, o consumo, o consumo hedonístico que mergulha no mais absoluto anonimato o comprador ingênuo, ao mesmo tempo em que paradoxalmente o faz sentir-se único em razão do gesto inteligente, decidido, sublime, superior, que acaba de fazer, convencido em forma definitiva e inapelável, por uma das nossas peças publicitárias, a comprar uma das bugigangas, serviços ou mesmo políticos criteriosamente trabalhados pela Arte do Convencimento, e de que provavelmente nem tem necessidade ou que, pior, afastaria com nojo ou desprezo se estivesse em pleno uso da sua razão ou soubesse como são feitos ou o que têm por dentro. Argh!

Bem. Eu passava os dias ocupado em vigiar, atento, os classificados dos jornais, sempre à espera de que aparecesse o Anúncio Redentor, mas teimosamente fugidio, ou a fazer tímidas chamadas exploratórias a conhecidos do ramo da publicidade para tentar assuntar alguma oferta de trabalho ou para insinuar a minha disponibilidade. Sempre sem muito êxito. O cemitério não está cheio apenas de pessoas insubstituíveis ou cheias de boas intenções; tem também uns publicitários-gênios que perderam o emprego um dia, já mais amadurecidos, e morreram de inanição intelectual, de despeito ou de simples e dolorosa tristeza, de longa e interminável espera.

A convivência com o meu novo companheiro de desventuras — embora para ele, na verdade, as desventuras tivessem terminado no dia do nosso terceiro encontro, quando ele resolveu me adotar — não mudou muito a minha nova rotina, a não ser pela carga de trabalho extra que me trouxe. A dependência física do bicho em relação a mim assumia proporções aterradoras, ocupando extensos momentos da minha existência com tarefas antes impensáveis para mim — momentos que de qualquer forma eu gastaria em qualquer outra bobagem, nessa dissipação tola que tinha sido boa parte da minha vida.

Eu cumpria essas tarefas, para surpresa minha, de bom grado, como que reconfortado pelo fato de que tivesse algo ou alguém a ocupar-me a existência e mesmo a justificá-la. Sempre acompanhado do invariável copo de uísque, descobri-me de repente escovando cachorro, dando de comer a cachorro, vigiando o relógio para saber se era hora de descer o cachorro para uma inocente volta, todos gestos que ele me recompensava com o mais sublime dos agradecimentos, um olhar de profundo reconhecimento, um abanar do rabo que nada, a não ser uma forma pura da sinceridade mais desinteressada, poderia provocar. Só me estranhava que, de vez em quando, ao caminhar em direção a um dos extremos da rua onde fica a entrada de serviço do meu prédio (que afinal fui convencido a usar, depois de algum estresse inicial com o porteiro solícito), o cachorro muitas vezes me puxasse em direção oposta à de casa, como se quisesse ir a algum lugar, resistindo um pouco à ideia de voltar, mas depois cedendo diante da minha potestade (tem limite o que pode durar um passeio de cachorro, mesmo com o dono desempregado e com a agenda generosamente aberta).

Bem, não liguei importância ao fato, até porque com uísque calibrando as sensações fica um pouco difícil estabelecer as relações corretas entre causas e efeitos. E toquei a nova vida.

Na esteira dessas ocupações inéditas, e tendo-me habituado à longa espera em que se havia convertido, em última análise, a tal nova vida, eu acabei por trazer à tona da memória algumas outras atividades que alguma vez me ocuparam com algum entusiasmo, que me haviam preenchido momentos da existência ou dado algum conforto ou sensação de realização, dessas muito ligeiras, sutis, quase imperceptíveis, mas fortes na sua plenitude, no minimalismo das suas proporções perfeitas, acabadas, completas.

Uma delas era o velho piano de meia cauda — você já o conhece, de alguma página lá em cima —, que eu insisti em trazer para o apartamento depois de casar-me e que em muitos anos apenas algumas vezes foi tocado por mim — quase sempre, era algum amigo ou amiga que se dispunha a animar uma noitada em casa tocando alguma coisa simples, tipo passatempo, tipo "piano-bar", até que um vizinho educadamente fizesse sentir a sua desaprovação, a tantas horas da noite, através da intervenção educada e cheia de dedos do porteiro da noite.

O piano teve um efeito curioso na minha nova fase da vida.

Primeiro, porque eu havia esquecido por completo o quanto gostava do instrumento, ao qual alguma vez eu reprovei apenas o que para Arthur Rubinstein era a sua grande qualidade, segundo ouvi dizer alguma vez – que tivesse "o tamanho certo para impedir que você o leve de um lado para outro".

Segundo, porque ele me recordava o quanto eu havia sempre ficado aquém nas promessas e desafios que havia decidido aceitar ou enfrentar na minha vida – eu era um hobbista de muitos *hobbies*, todos eles imperfeitamente realizados: um mau esquiador aquático, um péssimo tenista, um enxadrista medíocre, um leitor cheio de lacunas, um piloto que nunca tirou o seu brevê, um motociclista que tinha medo de motocicleta, um ciclista que foi parar no pronto-socorro duas vezes, um nadador que se cansava aos trezentos metros, um *jogger* que odiava correr, um mulherengo tímido e desastroso, um colecionador de carros antigos que vendia os carros depois de gastar fortunas restaurando-os, enfim, um desastre.

Com o piano, não era diferente, nem poderia ser. Era natural, portanto, que fosse escasso o meu domínio do teclado e da música em geral. Quanto esforço a mais me custava compensar as minhas deficiências agora encruadas nos dedos pouco ágeis, na dificuldade de acompanhar as pautas, no desespero sem fim que é constatar que um dia já se soube tocar um prelúdio de Bach ou um movimento de sonata de Beethoven ou mesmo uma pecinha despretensiosa de Schumann ou Villa-Lobos e que agora não há como esses trechos fugidios voltarem à ponta dos dedos, tudo porque em algum momento da vida eu decidi estudar menos do que era preciso ou me contentei com outros derivativos menos duradouros, talvez atraentes então, mas terríveis na desilusão que geram quando colocados pelo Tempo na sua perspectiva real.

Terceiro... Primeiro, segundo, terceiro. Eu estava enumerando – lembra-se? – as razões pelas quais o piano teve um efeito novo na minha vida. Terceiro, porque o piano me trouxe novamente à cabeça uma indagação inteiramente alheia ao instrumento, e cuja sombra, apenas, havia passado pelo meu espírito quando fui adotado pelo cachorro branco e sem dono – se seria possível descobrir, por um bicho daqueles, quem teria sido o seu primeiro dono, os seus gostos, os seus hábitos, a sua identidade enfim — uma identidade que talvez me fizesse descobri-lo no meio da multidão anônima do bairro e enfrentar o dilema que seria eventualmente ter de devolver o cachorro que agora se apresentava para mim como uma pequena luz na escuridão, como um ramo a que se agarra o náufrago, como uma brisa em dia quente. Explico.

32

É QUE, PARA GRANDE SURPRESA MINHA, um desses dias decidi novamente me aproximar do piano, tristemente estacionado no canto. Quando comecei a dedilhar o seu teclado com as mesmas notas longínquas do Momento musical de Schubert que chegara a tocar bem e que havia abandonado dias antes com irritação, fiquei perplexo ao ver o bicho dar-se ao trabalho de se levantar da confortável poltrona *bergère* de um milhão de dólares, que havia adotado como seu lugar favorito, para vir meter-se debaixo do banco do piano, com o focinho bem próximo dos meus pés e dos pedais, como que enlevado pela música que dali saía — como que a mostrar que conhecia o instrumento e o apreciava.

Intrigado e curioso, ataquei a peça e, para a minha surpresa, ela foi saindo mais ou menos bem — de um ponto de vista estritamente amadorístico, claro, que eu não me faço ilusões e menos ainda quero enganar você. O cachorro fechou os olhos e ficou ali, imóvel, com um ar satisfeito, até o acorde final, aquela coda que vai morrendo suave e suspende tudo, o tempo, a vida, os sentidos... Foi aí quando abriu os olhos e levantou a cabeça ligeiramente.

Entusiasmado com a minha audiência, passei para a inefável bagatella de Beethoven, *Pour Élise*, carne de vaca de todo pianista que quer mostrar resultados, mas sempre de uma beleza etérea, tão etérea e sobrenatural que foi capaz de resistir à sua criminosa adaptação, em versão oriental, para secretária eletrônica ou campainha de telefone celular — sem falar na musiquinha do caminhão do gás na minha cidade. Prefiro cozinhar em fogão a lenha a comprar um bujão de gás do cretino-bocão que o anuncia tocando *Pour Élise* em uma charanga, em cima de um desgraçado caminhão de entrega, em meio ao barulho do trânsito, à intranscendência do cotidiano.

Bem. O cachorro escutou aquilo — a *Pour Élise* que eu comecei a tocar, não o caminhão miserável e cretino, que não era hora de ele passar, ainda — e tornou a apoiar a cabeça entre as patas, sossegado.

— O dono desse bicho tocava piano, eu disse em voz alta ao terminar, como se decretasse uma verdade, e o cachorro levantou a cabeça com o eterno ar de ponto de interrogação que já me era tão familiar.

Veio-me forte, de novo, aquela inquietação que me havia tomado em algum momento depois de que a fatalidade me fez olhar para aquele bicho com um olhar diferente, a individualizá-lo entre os milhões de cachorros e bichos que há perdidos pelo mundo: e se eu acabasse descobrindo o dono, o que faria? Fiz uma pausa, como era natural em meio a tantas sensações, e o bicho me fitou com um olhar profundo de reprovação ou de decepção com o silêncio do piano — ou assim eu o percebi.

Recomecei a tocar e ele pareceu satisfeito, voltando por terceira vez a apoiar a cabeça sobre as patas, com um ar de quem verdadeiramente apreciava os sons que eu produzia, mesmo com os esbarrões e as falsas notas que permeavam toda a minha execução — um desastre, mas que importava?

E tome uísque. De 17 anos, que ainda restavam umas garrafas.

E assim se passaram muitos minutos, não sei dizer quantos, em que, para uma imensa surpresa minha, a música foi voltando aos meus dedos, com esbarrões e tudo, mas música, afinal, música como havia muito eu não tinha sido capaz de produzir para mim mesmo, nem sequer de lembrar-me que me agradara tanto um dia, vão-se já muitos anos. E ali fiquei, regando aqueles momentos musicais inesquecíveis com bom uísque, até que o cachorro decidiu que era a hora de descer e fez-me um gesto curioso para chamar a atenção: foi lentamente até a porta de entrada e suave, respeitosamente, raspou-a com a pata direita.

Levantei-me do banco do piano bem cambaleante, mas achando natural que devesse ao bom animal aquela pausa, e fui procurar a coleira caríssima que havia comprado no *pet shop* e que provocou no bicho reações da mais límpida alegria, uns pulinhos que seriam até meio ridículos, se não fossem tão avassaladoramente sinceros na sua expressividade.

Naquela noite, depois de dar a tal volta, que me causou mais de um constrangimento por causa da dificuldade motora causada pelo meu estado quase permanente de embriaguez, e de concluir as minhas ocupações com o animal, dando-lhe de comer e escovando-lhe o pelo sedoso, sentei-me de novo na sala de estar e fiquei ali largado, como gostava de fazer, com o pensamento solto – "sinto o lugar em que estou e penso...". Não sei quanto uísque mais eu tomei. Uísque ou *whisky*? *Whisky* ou *whiskey*? Nunca me decido, como você vê, e certamente não teria sido ali que o teria feito, de qualquer maneira.

Era uma sensação boa, por um lado, de paz e reencontro; mas horrível, por outro, porque de desgarramento e de calado desespero, em franca contradição com as pequenas alegrias daquele fim de tarde e começo de noite.

Devo ter-me recolhido ao quarto em algum momento, com o sentimento de culpa próprio de toda a bebedeira e uma vaga promessa de não voltar a repetir aquilo, ao menos não na intensidade em que o estava fazendo, etc. Promessa de bêbado vale pouco, a começar porque é duro de lembrar depois. Lembra-me, porém, ter ficado entristecido com alguma peça que havia tocado e de ter passado algum tempo ali, à toa, com pena de mim mesmo. Depois, recordo ter-me levantado e posto a abertura *Egmont*, de Beethoven, uma, duas, três vezes.

Você conhece a abertura *Egmont* de Beethoven? Então pare tudo e vá lá escutar.

Lembra-me também ter chorado, e de mais uma vez ter-me desesperado ao pensar, como fazia tantas vezes em situações parecidas, no filho ou filha que nunca tivera, nas promessas que eu mesmo me fizera sobre a minha felicidade e essas coisas, para as quais começava a encontrar uma compensação no bom bicho que tinha vindo mudar a minha vida e despertar-me novos interesses ou inquietações. Devo ter chorado, mesmo, e imagino agora que, se o fiz, devo ter causado uma enorme aflição ao pobre cachorro que me fazia companhia ali, uma companhia sem condições, feita de entrega, zelo e gratidão. E não me lembro de muito mais daquela noitada, não.

Acordei no meio da noite — deviam ser umas 4 horas da manhã. Estava na minha cama, suando, assustado, mas não me lembrava de ter chegado até ali. Havia uma tênue claridade no quarto, que demorei a identificar, como demorei a identificar a posição em que me encontrava nele.

E então eu vi aqueles olhos postos em cima de mim, uns olhos profundos, sem fim, um olhar que parecia vir da noite dos tempos, uma coisa ancestral, olhando-me fixos, perturbadoramente fixos. Penso que no meu sono agitado de náufrago eu devia ter falado, ou gritado — sim, gritado, é o mais provável —, e ele estava ali, em cima da cama, olhando-me detidamente, talvez à espera de alguma reação mais normal, talvez apenas para cumprir o seu papel de guardião silencioso, dizendo na sua forma de expressão tão peculiar que estava ali presente, que eu me tranquilizasse, que ele me estava cuidando. Mas era um olhar como eu nunca havia sentido, imóvel, imperturbável, inalcançável, mas também intenso e inquisidor, que podia revelar ao mesmo tempo perplexidade, preocupação, irritação, afeto, reprovação, súplica ou um comando, ou tudo ao mesmo tempo, mas que me pareceu mais que nada uma interrogação, uma profunda e desmesurada interrogação, e uma afirmação incondicional de companhia, uma promessa irredutível de amizade.

Intimidado, estendi a mão, passei-a pela sua cabeça, aconcheguei-o um pouco mais perto e lhe dei dois tapinhas no lombo, como para sossegá-lo, como para tentar responder, com o meu gesto mais tosco de afeto, o único de que era capaz naquele momento, àquele olhar imemorial que mais uma vez me despertou para a vida, agora em plena noite.

Quando acordei, eram 10 da manhã, o quarto estava ainda em uma certa penumbra aconchegante e ele continuava ali adormecido, tranquilo, ressonando suavemente.

33

Levantei-me com extremo cuidado, para não incomodar o bicho adormecido, afetuosamente encolhido, e fui tomar um banho desses que lavam a alma tanto quanto o corpo e que proporcionam um tipo de viagem interior arrulhada pelo barulho imemorial da água corrente. Uma viagem interior que tinha a ver com aquela espécie de revelação que eu havia tido na madrugada, cercado daquele silêncio, sob aquele olhar caleidoscópico, sobrenatural, do cachorro branco das patinhas curtas.

Aprontei-me e enchi-me de felicidade ao voltar ao quarto e ver que o bicho havia despertado docemente e estava espreguiçando-se confortavelmente até o último pelo. Pulou ao chão, fez-me uma festa e dirigiu-se animadamente até a porta de entrada, que arranhou delicadamente com a pata. E ali ficou, disciplinadamente, à espera da minha reação.

Fui, passeei, aguardando pacientemente cada uma das suas inúmeras e intrincadas paradas, voltei, arrumei umas coisas, tomei uma, duas aspirinas para cortar o mal-estar da bebedeira da noite anterior e mais uma vez sentei-me largadamente no sofá da sala para recolher os pensamentos. Uma ideia me veio iluminar a existência: a forma que eu tinha de constantemente referir-me ao bicho, que estava ali ao lado, impondo a sua presença, exigindo-me, guiando-me.

— Que bom bicho, esse, resumi, e levantei-me para ligar para o meu amigo, que há dias não procurara mais, mas agora repleto de boas intenções.

Liguei rapidamente e uma voz desconhecida lá atendeu.

— Eu queria falar com o fulano, por favor, fui logo dizendo, sem delongas, que considerava desnecessárias, e estranhando que pudesse não ser ele quem respondia, porque morava sozinho e era um tremendo de um ermitão. Ou, pior, que não reconhecesse a minha voz.

— Aqui não tem ninguém com esse nome, foi a resposta — um tom acima — do outro lado da linha.

Surpreso, emendei, inutilmente:

— Quem está falando?

— Aqui é o Professor Asdrúbal Pinto de Arimateia, disse alguém, com a voz pomposa.

Por que será que sempre que a gente está com pressa ou decidido dá "engano"? Bem, não importa. Sem pensar duas vezes, vendo a bola pingando na área, como me pareceu, e dado o meu bom espírito matinal, não hesitei em finalizar:

— Ah, também, porra, com um nome desses, vai pra puta que o pariu.

Gol!

E desliguei, às gargalhadas — como fazia tempo eu não ria. Senti-me por instantes como o moleque que eu havia sido, apertando campainhas na rua e correndo, ou passando de bicicleta por uma poça d'água para molhar o passante desavisado na calçada. Uma tremenda, deliciosa idiotice.

Não deu vinte segundos e o telefone tocou. Era o Professor Asdrúbal Pinto de Arimateia, indignado, do outro lado, provando-me como funcionava bem o seu registro de chamadas recebidas — o seu "Bina" — e o quanto havia ficado pessoalmente ofendido com a minha molecagem. O meu número, claro, tinha ficado anotado lá e ele ligava para tirar satisfação, dando-me uma horrível lição de moral como havia tempo eu não recebia. Uma chatice.

Conto a história porque, primeiro, acho-a divertida e até hoje rio matreiramente com esse telefonema. Rio sozinho ("quem ri sozinho...."), porque nunca tive coragem de contar a história para ninguém. Você é o primeiro a sabê-la. Você e o Professor Asdrúbal, mas não acho que ele a conte frequentemene por aí. E, depois, porque achei que ia bem aqui, para variar um pouco. A nobreza obriga.

Bem, tendo perdido um tempo enorme com a história, que só acabou com um constrangido pedido de desculpas meu, e a promessa de que telefonaria um dia para convidar o Professor para um jantar, voltei a tentar ligar para o meu amigo.

Tendo finalmente conseguido acertar o número, convidei-o a almoçar em uma cantina italiana bem mais simples e aconchegante do que o enxerido restaurante dos Jardins de que era freguês antes de começar a ter de "contar os caraminguás", como diz a minha mãe, em previsão de dias mais alongados de agruras, diante da sustentada disponibilidade em que me encontrava e da evidente má vontade do mercado publicitário, que teimava em ignorar a legião dos Talentos Errantes que aguardavam outra chance de mostrar-se, de pôr-se ao serviço de alguém — diante, enfim, do fato de que estava desempregado e com a despesa ultrapassando de longe a receita.

Ele topou, não sem antes reclamar do restaurante, mas cedeu à minha inebriante descrição das delícias que a velha cantina prometia, tudo regado a um bom *chianti*, que eu ainda me permitiria pagar com prazer.

Cheguei, pedi água mineral com gás, para grande perplexidade do meu amigo, que já estava bebericando o seu uísque de 12 anos (a cantina não tinha *whisky* de 17 anos, felizmente), e fui contando o que havia acontecido na minha vida desde a última vez em que nos havíamos visto, omitindo, muito embora, a gracinha do telefonema do Doutor Asdrúbal, nem sei por quê, já que era uma boa história, hilária pra caramba.

Ele ficou meio decepcionado. Pensou que eu ia dar-lhe uma grande notícia ou vir com uma história patética qualquer, que lhe tivesse alguma serventia íntima, interior ou mesmo literária. Em vez disso, apresentei-lhe um desfile de agências de publicidade que andavam procurando diretores de redação (ele furtivamente anotou algo em um papelzinho, que guardou no bolso em seguida) e falei-lhe apaixonadamente de um encontro fortuito com um cachorro branco das patinhas curtas que me havia adotado tanto quanto eu a ele. A isso se resumia o meu entusiasmado relato de semanas de "busca do tempo perdido".

O meu entusiasmo pelo cachorro, que era a grande novidade, não o contagiou.

Tentei explicar a razão de tanto enlevamento com o bicho, de um modo que lhe pudesse interessar.

— O fato é que o bicho fica lá, com aquela cara de urso-de-pelúcia, como que me dizendo "olha eu aqui", "preciso que você cuide de mim", "cadê a minha comida?", "tá na hora do meu passeio", essas bobagens. Pedindo atenção, entende? Afeto. E o pior é que eu fico me achando na obrigação de ficar lá, como babá de cachorro, e isso ocupa o meu tempo e me dá algum sentido na vida. Ele parece que sente isso — que eu preciso de um sentido na vida, e fica feliz de proporcionar isso para mim. Fez uma enorme diferença encontrar esse bicho, entende?

Bobagem. Ele me olhou de esguelha, meio ressabiado. Completei:
— E afeto, um monte de afeto, esses bichos são feitos de afeto, são afetos peludos.

"Afetos peludos"! Faz-favor!
— É, em vez de ficar enchendo a cara, disse ele, com escassa convicção e nenhuma simpatia. Bem que dizem que "o cão é o melhor amigo do homem", concluiu, com um ar desinteressado.

— Bobagem. Que amigo que nada. Mais que isso. "O cachorro é mesmo a melhor parte do ser humano", declarei, peremptório, sem muita originalidade (imagino — isso aí bem que poderia ter sido dito, por alguém antes de mim) nem força na expressão, convenhamos.

— Bonito, isso aí. De quem é?, perguntou ele, de novo com ar desinteressado.

— Sei lá de quem é. É meu mesmo. Tem de ser de alguém só porque é bonito? Detesto isso de acharem que qualquer coisa inteligente que a gente diga é citação. É como se a inteligência tivesse se esgotado no mundo e tudo o que fosse inteligente tivesse necessariamente de ter sido dito antes por algum imbecil. E daí ninguém fala mais, só repete, fica só citando, e é uma desgraça.

Ele me olhou com um ar de grande perplexidade, como convinha.

— As pessoas citam autores e ficam parecendo pedantes; citam lugares comuns e ficam parecendo idiotas, continuei, aumentando o tom e a gesticulação e assim chamando a atenção da mesa ao lado. Como isso de que "o cachorro é o melhor amigo do homem". Um puta lugar comum.

— Opa, estamos nervosos, resumiu ele.

— "Citação é a pior parte do ser humano", insisti, parodiando-me.

— Isso é uma citação?, provocou-me.

— Não, é uma criação do momento. Ou, se você preferir, "uma boa citação é um *sound bite* que deu certo", entusiasmei-me. Gostou dessa? Acabei de inventar também. Vou até anotar...

E puxei um papel e um lapizinho do bolso e anotei ali, meio de atravessado, com a minha escritura ilegível, que apenas Deus seria capaz de decifrar dali a pouco.

— Vai à merda, então, cortou-me ele, pouco teológico.

— Vou, mesmo. Antes ir à merda que perder tempo com um merda como você, retruquei, com uma ponta de vergonha pela fórmula imbecil, quase infantil ("vou à merda, mas vou feliz, vai mais à merda quem me diz..."), que utilizei.

Levantei-me com visíveis maus modos e saí batendo o pé, enquanto ele ficava estoicamente sentado lá, mexendo o uísque com o dedo — já devia estar acostumado com os meus rompantes sem consequência –, e pessoas em volta me olhavam com perplexidade. Mal cheguei à porta e voltei, desenxavido.

– Está bem, está bem, eu ando nervosinho, desculpa o mau jeito.

– É que você vive citando todo mundo, né?, insistiu ele, passando longe da questão, mas não sem razão.

Ele adorava pôr o dedo na ferida e ficar cutucando. Uma besta.

E emendou:

– Tem um político aí que disse que você deve citar os seus amigos muitas vezes por dia e falar mal dos seus inimigos ao menos três vezes por dia.

Não entendi a relação, mas voltei a sentar-me e prossegui a conversa sem pé nem cabeça que havíamos começado. Já que estava ali, mesmo, e tinha fome e vontade de comer junto, como diz a minha mãe...

34

UMA RECAÍDA LITERÁRIA. Deve ter sido isso o que me aconteceu ali mesmo, em plena cantina. Ignorando a proverbial indiferença do meu amigo, senti uma imensa vontade de falar de projetos, de colocar a vida no futuro, de mostrar que estava fazendo algo mais que procurar emprego nos classificados, que aguardar um improvável encontro na rua ou num bar ou num restaurante, onde se produzisse a ansiada frase:

– Você não quer ir trabalhar conosco?

Não tinha muita matéria, porém, para conjugar verbos no futuro, fora o cachorro branco das patinhas curtas, o "afeto peludo" que havia decidido dar um rumo na minha vida e a rápida perda de poder aquisitivo da minha conta bancária, por força dos honorários do advogado, de um monte de dívidas que eu tinha esquecido – cartões de crédito, cheques voadores, contas erradas, saques não anotados, essas coisas aborrecidas – e da partilha. Para ficar com o apartamento, que a minha ex-mulher não queria e eu sim, para ter onde cair morto, como diz a minha mãe (e também porque era a solução mais fácil), tive de desembolsar uma imensa fortuna — era época de moeda sobrevalorizada —, que pesou mais do que eu imaginava, mesmo com tudo o que me pagaram na agência quando eu fui demitido.

Não me intimidei, contudo. "A audácia leva consigo gênio, poder e magia", acho que li em algum lugar que Emerson disse. Se não foi ele, foi outro. E se não disse, devia ter dito.

— Estou pensando de novo em escrever um romance, eu lhe disse, assim, à queima-roupa.

E o olhar de terror que ele produziu não deixou de ser divertido. Deve ter imaginado que eu ia começar a desfiar-lhe a história ali mesmo, sem anestesia nem nada, a título de preço pelo almoço oferecido. Escritor de romance ainda não escrito é uma chatice, reconheço. Qualquer um pode ser. E se começar a falar dos planos para escrever, então, sai de baixo. Ninguém aguenta.

Falei, naturalmente, em termos genéricos. Já tinha o título do romance, ao menos.

— O lado escuro da Lua, anunciei, exultante. Vai me dizer que não é um belo nome para um romance? O lado da lua que a gente nunca vê, como o caráter de muita gente, ou como a vida do dono do cachorro, lá, que eu adotei e que fica me desafiando como uma esfinge, "decifra-me ou devoro a tua comida" — o teu "alimento para cães" (ele não entendeu) —, e é sobre esse mistério aí que eu queria escrever — descobrir o lado escuro da lua dessa personagem que é o ex-dono do cachorro.

Parei, pensativo, enquanto aguardava algum comentário que nunca veio.

— Todo mundo tem um lado escuro, continuei. O desse cara, ou dessa dona, é duplo, está escondido atrás da personalidade do cachorro que ele educou e atrás de si mesmo. Uma puta escuridão...

Fiz outra pausa para examinar a sua reação ao delineamento mais que tênue e insustentavelmente leve que fiz do meu projeto literário, mas não tinha reação nenhuma, ele continuava bebericando o uísque enquanto olhava distraídamente o menu, dividindo a sua atenção entre mim e sugestões de *porpetta, ravioli, penne, tagliarini*, etc.

— O que você acha?, insisti. "O lado escuro da Lua", aquele que a gente nunca vê, mas está lá...

Ele foi, como sempre, seco, preciso, cirúrgico. Um chato:

— Bobagem. E, depois, você está confundindo o lado escuro da lua com o lado oculto da lua, aquele que existe, mas a gente nunca vê porque fica sempre do lado de lá.

— Não-senhor!

— Sim-senhor! O lado oculto é aquele que a gente não vê nunca porque a lua tem a rotação igual à translação, em 28 dias, e por isso está sempre com a mesma cara voltada para a terra e a bunda para o espaço. A gente aprendeu isso no quarto ano primário. A Dona Maria Graça. A que te deu uns cascudos, uma vez. O lado escuro, aquele que não está sendo iluminado pelo sol, você vê, sim. É só não ser lua cheia que você vê — vê aquele contorno. Até na lua nova você vê o lado escuro, de manhã, logo cedo, porque ele nem é tão escuro assim. Pode reparar.

E arrematou, exultante:

— Isso que você disse é uma besteira.

Gosto de quem qualifica o que o outro diz de "uma besteira". Assim, *magister dixit*, nem mais nem menos.

— Pode até ser, mas o nome é bonito. "O lado escuro da Lua". *The dark side of the moon*. Olha só que beleza!

— Besteira, insistiu ele, definitivo. E eu tenho certeza de que já usaram o título *The dark side of the moon* em algum lugar. Um conjunto musical, uma música, sei lá. Você está enganado. Tem de ser "o lado oculto da Lua". É muito mais poético. E é cientificamente correto.

Refleti um pouco.

— Mais poético para você, que é um chato, tentei encerrar, decepcionado.

— No fundo, tudo isso é frescura, sentenciou ele, meio sem propósito.

Também gosto muito de quem acha as coisas "uma frescura". Como diz o meu padrinho, aqui tudo o que é um pouco mais sofisticado é "frescura"; no fundo, tudo o que não for uma caverna, uma pele vestindo o corpo e um porrete para conquistar, ou melhor, estuprar a primeira fêmea — "mulher" é "frescura" — que passar pela frente é "frescura".

Mas ele tinha razão. Frustrado com o naufrágio impiedoso da minha ideia — ainda bem que era só o título, mesmo —, fiquei com aquilo martelando por alguns instantes, cada vez mais decidido a usar o título — na forma corrigida pelo meu inefável amigo, e muito melhor, reconheço — na hipótese mais do que remota de que algum dia viesse a escrever um romance, uma novela curta, um conto, qualquer coisa que não fosse uma peça publicitária ou um e-mail.

Não me dei por vencido, contudo. Depois de escolhermos as massas respectivas e o bom *chianti* — ele pediu ravioli de lagosta, que era o que havia de mais caro no menu (uma frescura!) —, eu continuei a borboletar em torno da criação literária, decidido a mostrar o mais soberano desprezo pela criação publicitária enquanto não equacionasse a minha situação de desocupação acidental (acreditava eu) do momento.

Recordei comigo mesmo o quanto já tinha avançado na questão do romance. Já tinha o título, uma espécie de enredo e a decisão, aquela, sobre os capítulos, que eu iria realizar finalmente — lembra-se, eu disse que escreveria um livro em que os capítulos tivessem por título a sua primeira linha, assim o leitor não ficava na dúvida se tinha lido o nome do capítulo ou não.

Não era muito, porém, mas continuei. Quando lhe comentei sobre a minha dificuldade de começar a escrever o que quer que fosse em matéria de prosa de ficção e lhe pedi ajuda, ele foi, como sempre, inconclusivo. Inconclusivo e enciclopédico, embora esforçando-se para ocultar que não se lembrava bem do episódio citado (logo ele, que odiava citações):

— Faça como no livro da Alice, do Lewis Carroll, ele disse, sempre professoral. No julgamento na corte da rainha de baralho. Quando pedem para a Alice contar o que viu e ela não sabe como fazer, o coelho da Alice, ou sei lá, diz simplesmente — olha só se não é genial: "Comece no começo. Vá em frente até chegar ao final. Então pare." Pronto. Faça assim. Comece no começo...

A minha perplexidade com o conselho foi tamanha que não quis nem mesmo corrigi-lo, dizendo que não era o coelho, mas sim o rei, e que não era para a Alice que ele dizia isso, mas sim para uma testemunha qualquer, lá, mas achei que não valia a pena. A citação era definitiva. "Comece no começo" — claro, desde que você tenha um começo. "Vá em frente até chegar ao fim." Claro, desde que você saiba qual vai ser o fim. "Depois pare." Claro, desde que você tenha feito algo entre os dois extremos e saiba que chegou, mesmo, ao fim.

— Por que você não escreve poesia?, arrematou ele, impiedosamente.

Encerrei a discussão, de forma, como sempre, inconclusiva:

— Poesia para mim é fazer publicidade. É pouco, mas é o que eu sei fazer em verso.

Qualquer coisa...

Decidi, então, que não tinha um bom começo para a história, nem um final, e provavelmente nem mesmo uma história, e nunca mais falei do assunto com ele. Em vez disso, quando voltei a casa, reli a Alice, do começo ao fim. É sempre bom reler a Alice. Quando você terminar de ler isto aqui, se é que vai terminar, vá lá, pegue a Alice, versão integral, tire o pó e releia. "Comece no começo..." Depois conversamos.

O almoço terminou e eu me despedi dele dando-lhe a mão. Foi um pouco depois que se produziu o incidente. Foi por causa dele que nunca mais nos vimos, não por causa da conversa literária desse dia, não. Conversa literária é um perigo, mas entre amadores, como nós, acaba não tendo nenhum efeito. Não é como entre profissionais, onde tem de tudo, desprezo, indignação, xingação, soco no queixo, muxoxos, inimizades históricas, futricas, assassinatos, complôs, artigos de jornal, até artigos de revista literária... A nossa era só conversa de bar, ainda que fosse em uma cantina. Mas eu chego lá, se você aguentar tanta digressão.

35

VOLTEI PARA CASA ENTRE DEPRIMIDO E INDIGNADO com aquele imbecil de amigo que nunca ajudava com nada, "nem com a esperança", e decidido a dar-lhe um gelo durante algum tempo, enquanto eu aguentasse a minha solidão.

Em vez de pegar um táxi — não tinha a menor vontade de trocar duas palavras mais com quem quer que fosse —, decidi ir a pé, mesmo, em um longo e complicado caminho pelas ruas da minha cidade cheia de ladeiras, mas sempre exuberante de sons, cheiros, cores, movimentos, que ajudam a projetar o espírito para o exterior, se se deseja um derivativo, um passatempo, uma distração. Nada combina melhor com o silêncio reflexivo da alma, às vezes, do que a bulha externa, desde que não se confunda a alegria caótica dessa vida exterior com a vida propriamente dita, esta sim, interior, profunda, entranhável, insubstituível.

Que beleza! Quanto adjetivo!

Lá fui eu, então, matutando, como diz a minha mãe, mas sem deixar de inebriar-me com a profusão de vida que se desenvolvia, indiferente, ao meu redor, e distraindo-me de tempos em tempos ao caçar com o olhar umas boas curvas femininas, dessas que passam etéreas junto à gente, ou do outro lado da rua, soberbas na sua perfeição onduladamente geométrica, inebriantes na sua beleza de muitos tons e muitas formas, todas tendendo ao prazer visual e dos sentidos, para nunca mais voltar, incendiando a imaginação por momentos que, eles tampouco, nunca mais voltam e deixam um gosto de vazio na alma, como deixa na boca aquela maçã que a gente começa a comer e esquece em algum lugar porque foi distraído por uma chamada telefônica, uma topada de dedão, qualquer coisa.

A ideia de que o cachorro estaria em casa à minha espera, com a sua amizade incondicional, com o seu afeto puro e simplório, deu-me um grande alento adicional. Apertei o passo e cheguei rápido, um pouco esbaforido, sedento. Na portaria ouvi uns latidos vindos lá de cima, abafados, mas indiscutivelmente oriundos do meu apartamento.

O porteiro me recebeu sempre solícito e, enquanto me acompanhava ao elevador, foi dizendo:

— Ele só agora que começou a latir. Não se preocupe, não. Esse bicho sabe quando é o Senhor que chega aqui em baixo. Chegou muita gente aqui, mas só agora ele latiu. Ele sabe que o Senhor chegou, o bichinho.

Agradeci e fechei-me, pensativo, no elevador. Tinha ouvido dizer isso de que os cachorros distinguem sons com uma acuidade impressionante e são capazes de saber que o dono está voltando muito antes de que sequer se aproxime da porta, ou de que o carro entre na garagem. Essas coisas.

Falar de cachorro é cultivar o lugar-comum das coisas simples e boas.

Ele lá estava, como sempre. Já não latia mais, mas desta vez inventou um truque novo, que eu desconhecia por completo e achei que só ocorria no cinema: sentou-se nas patas traseiras e pôs-se a mover as patas dianteiras, abanando-as, juntas, como quem pede para subir ao colo (ou assim o interpretei eu.).

O bicho ficou lá, parecendo um coelho da Páscoa, e eu fiquei olhando, entre perplexo e divertido.

Acariciei-o e fui andando até a cozinha para pegar a coleira, depois de dizer o provocativo "você quer passsssss...", que incendiava o bichinho antes das nossas saídas. Antes, porém, de abrir a geladeira para assuntar se haveria gelo para um bom uísque, que ninguém é de ferro, vi um moscardão pousado em cima da pia e indignei-me. Pé ante pé, agarrei uma toalha que jazia por ali e dei-lhe um violento safanão, de efeito duplamente, triplamente devastador: primeiro, porque errei e o moscardão saiu voando alegre, impunemente, zombeteiramente, com um ruído que soava a uma gostosa, humilhante gargalhada; segundo, porque acertei um daqueles pratos de Limoges que estava perigosamente perto da borda e que se rompeu com o meu golpe, caindo depois ao chão com um horrível barulho e uma indizível confusão; e, terceiro, porque o cachorro entrou em pânico com o barulho, ou com o meu gesto, ou com ambos, e saiu ventando da cozinha, escondendo-se em algum lugar que demorei a encontrar.

Fui achá-lo dentro do meu armário, todo encolhido e tremendo de medo, com um ar aterrorizado que me custou muito sossegar.

Aquilo me intrigou tanto que eu me esqueci completamente do meu uísque e me contentei com um copo de água mineral com gás.

A explicação pareceu vir-me um pouco depois. Tendo acalmado o bicho da melhor maneira possível, enquanto sorvia a minha água com gás, dei-me conta de que o prato estilhaçado e a toalha estavam ainda no chão. Levantei-me, e comigo o bicho, dei uns passos e recolhi os restos do caríssimo prato, que foram aterrissar com um barulho de "quiliquiliquíli" na lata de lixo, embalados em um par de imprecações contra a minha própria torpeza. Em seguida, agarrei a toalha e levantei-a, mas não sei como foi o meu gesto, porque o bicho de novo encolheu-se todo, como se fosse agora ele, e não o moscardão ou o caríssimo prato de Limoges, quem ia levar a bordoada.

Por alguma inspiração científica, prossegui no gesto, levantando a toalha até mais acima, e dei um novo safanão na pia, desta vez sem moscardão (infelizmente) nem prato de Limoges (felizmente) no caminho. O barulho do golpe seco do pano foi suficiente para mais uma vez o cachorro sair zunindo da cozinha, com uma corrida que me pareceu um pouco ridícula, entre covarde e constrangedoramente risível, de desenho animado, porque ele baixou a parte traseira, enfiou o rabo entre as pernas e — "pernas-pra-que-te-quero", como diz a minha mãe —, lá se foi ele, correndo alucinadamente outra vez para o fundo do armário, de onde o fui resgatar, presa da maior tremedeira, o mesmo olhar de pânico, a mesma atitude de implorar piedade que mostrara da primeira vez.

— Esses filhos da puta batiam nesse cachorrinho!, concluí, de forma indignada, indiscutível, terminante, um pouco surpreendente, mesmo. Batiam nele, coitadinho. Maltratavam. Olha só. Vem aqui, vem. Vem, bichinho, vem. Não vai acontecer nada, etc., etc.

E fiquei falando-lhe afetuosamente como uma tia velha, até que ele se acalmou de vez e se deixou ficar, relaxado, exausto, no meu colo, eu sentado ao chão de costas para a parede, as horas que se passavam sem marcas, de novo ele e eu ali, meu Deus, em uma imensa amizade, unidos, protegidos, com uma grande, incomensurável solidão à nossa volta.

Ele relaxou e eu o acomodei no chão, ao meu lado.

— Filhos da puta, repeti, baixinho, inquisidor, impotente, indignado, quando ele parecia dormido, depois de ter reencontrado o seu equilíbrio. Quem fazia uma coisa dessas com esse bichinho?, insisti, e o meu olhar se perdeu por um tempo imemorial no vazio da parede.

Não bebi o meu uísque da tarde naquele dia. Nem da noite. A ressaca tinha sido tão grande e tantas as emoções e distrações — as que eu podia me permitir — que não achei razão para insistir nos conselhos do "amigo engarrafado".

36

Quando dei por mim, o telefone estava derretendo de tanto tocar e não consegui responder a chamada. A voz da minha mulher — minha ex-mulher, caramba — materializou-se como em um sonho (no caso, pesadelo) e atendeu — sempre ubíqua, sempre presente — com aquela simulação de realejo que era a secretária eletrônica — "alô, não podemos atender agora, deixe o seu nome, número, a hora em que ligou e a sua mensagem, que nós lhe devolveremos a chamada assim que pudermos..."

Que chatice isso aí. Não me canso de repetir: como é que eu pude viver tanto tempo junto de alguém que "devolve" as "chamadas" se e quando — veja bem! se e quando — você deixar "o seu nome, número, a hora em que ligou e a sua mensagem"? Ainda arranco essa secretária eletrônica da tomada e jogo-a pela janela. Imagino a cara do porteiro solícito vendo chover secretária eletrônica na entrada social do prédio.

Bem, a secretária eletrônica e a minha ex-mulher (ahá!) atenderam juntas a chamada e uma voz lá foi dizendo, para imensa perplexidade minha, algo sobre eu estar sendo chamado para uma entrevista não sei onde, não sei a que hora. Quando cheguei perto do telefone, a chamada se cortou com aquele insuportável "tu-tu-tu", que as imbecis das secretárias eletrônicas sempre fazem para dizer a você que foram mais rápidas no gatilho e que, se fosse um faroeste mexicano — "¿Cuánto mides de alto? ¡Ahora ya lo mides de largo!" —, você já estaria esticado no chão, estrebuchando, para gáudio da plateia.

"Gáudio da plateia"! Essa é boa!

Bem. Agora sim, estava feito. "Ninguém se mexe", eu disse para mim mesmo, como nos bons tempos de diretoria na agência, abrindo um enorme sorriso — "Quem ri sozinho...". E pus-me a tentar ouvir a mensagem gravada, sem muito êxito a princípio, sem nenhum êxito pouco depois.

— Puta que pariu! A filha da puta nunca me disse como se tira mensagem dessa merda. Puta que pariu.

O cachorro veio bocejando lá de dentro espiar o que ocorrria e me olhou com a invariável cara de ponto de interrogação, cabeça inclinada, em resposta ao meu sonoro palavreado de baixo calão. Será que o seu ex-dono dizia muito "puta que o pariu"?

— O que me faltava! Agora lá vem você...

Você... Ele inclinou a cabeça imediatamente.

— Porra, o bicho é mesmo automático. Eu estou cercado de coisas automáticas.

E continuei lutando com os botões da máquina, impiedosos no seu mistério eletrônico-digital.

Lutando e ficando nervoso.

— Puta merda!

Cada vez mais nervoso, mais nervoso — sabe como é ir ficando nervoso, né?, uma merda — até a explosão final, gratuita, ridícula, ineficiente, mas prenhe de consequências impensadas:

— A-tomá-nu-cu!

E dei um murro na secretária eletrônica, que fez "tu-tu-tu" e se calou. Deve ter tido uma hemorragia interna, a filha da puta. Claro, para piorar, o cachorro se encolheu todo e começou a tremer, como que me chamando de volta à razão ou denunciando o meu acesso de violência — ou ambos. Daqui a pouco ele vai ligar para o "disque cachorro" e me entregar (será que foi isso que ele fez com o seu ex-dono?).

— Não, não, espera aí, eu tentei corrigir, tudo bem, fica aqui. Bonzinho, bonzinho. O papai não faz mais...

"O papai?", pensei em voz alta. "Xi!"

O bicho se acalmou de novo, embora tivesse ficado ressabiado com a minha falta de modos, e se esticou no chão, como rã, ao meu lado, dando um suspiro. Eu, enquanto isso, contemplava os restos mortais da secretária eletrônica com um inconsolável arrependimento, misto também de vergonha e derrota. E agora?

Desfilei pela cabeça alguns nomes de parentes ou conhecidos que poderia chamar para pedir ajuda, mas não me fixei em ninguém. Em vez disso, liguei para o meu amigo, que eu tinha prometido não chamar tão cedo, para ver se conseguia dele, justamente, algum socorro.

Ele foi indiferente e seco (acho que eu o tinha acordado durante a sua sesta), mas começou a resolver o meu problema. Pelo menos tentou.

— Tem um chip dentro da máquina, você tem de ouvir o chip, explicou, didático como sempre.

Um chato.

— Mas eu arrebentei a máquina toda, disse, enquanto achava a tampa do lugar onde se escondia o chip, para imensa surpresa minha.

Como nunca tinha sabido que ali tinha um chip? É o que dá deixar tudo nas mãos da mulher.

Ele continuou, sempre didático:

— Bem, então tira o chip e pede para escutar na máquina de alguém. Alguém que entenda dessa máquina, claro, humilhou-me.

Quem me manda ligar para ele?

— Você tem uma máquina dessas, entende de máquina dessas?, emendei, sem saber se o que me interessava mais era a resposta à primeira pergunta ou simplesmente fazer a segunda pergunta, maldosa, para retribuir a simpatia.

— Que marca é?, perguntou ele, indiferente.

— Sei lá, deve ser uma dessas marcas aí.

Fiz uma pausa para olhar.

— Ah, aqui está escrito: Chin-Chon-Chan. Made in China. Puta que o pariu. Tudo é made in China.

— O modelo?, cortou-me ele, cirúrgico.

Que diferença podia fazer o modelo?

— XPTO. Está escrito aqui atrás. XPTO.

— Traz aqui que eu vejo, concluiu ele, de forma inconclusiva. Deixa comigo.

Um chato.

37

Como a casa do meu amigo ficava mais ou menos perto, decidi ir até lá na mesma hora. Atrelei o cachorro à sua coleira de dois milhões de dólares e lá fui eu, levando numa sacola a secretária eletrônica destripada e, com a mão esquerda, disciplinadamente, conduzindo o cachorro, que exultava de alegria e ia olhando a tudo e a todos com um ar de superioridade simpática, porque ingênua.

O meu amigo morava em um pequeno sobrado — uma *town house*, dir-se-ia agora — no que havia sido uma modesta vila, que resistiu impávida à especulação imobiliária que havia feito aquele antigo bairro popular tornar-se agora um reduto de classe alta, com prédios enxeridos de nomes exóticos e amaneirados, vigias uniformizados e zeladores de nariz empinado. A vila resistiu à devastação que, sem dó nem piedade (como diria a minha mãe), foi destruindo a antiga face da cidade, mas não à especulação imobiliária propriamente dita. Tinha-se transformado por sua vez em um condomínio fechado caríssimo, que preservou as fachadas simpáticas das casinhas de sobrado geminadas, mas certamente não os seus interiores, agora sofisticados por decorações assinadas e móveis chiques de marca. Isso sem falar nos coproprietários e nos carros importados parados à porta.

Chegamos e fomos recebidos como convinha: com um olhar torto do meu amigo para o cachorro e um comentário desagradável:

— Ele trouxe você para passear até aqui?

Nada, nem um gesto fingido de simpatia, um cafuné na cabeça das orelhinhas pontudas, um estalar de dedos. Fingi que não notei.

— Trouxe a máquina. Preciso da tua ajuda para ouvir o chip, tem um recado importante.

— Cachorro aqui dentro, não, disse ele, para grande aborrecimento meu.

Murmurei baixinho:

— Como diz a minha mãe...

— Não mete a mãe no meio, disse ele, pondo em evidência que não estava prestando atenção.

Ele nunca prestava atenção em nada.

— Que mãe? Eu falei da minha mãe.

— Ah, então Freud explica. Só Freud explica. Nem Freud explica. Um chato.

Tive de amarrar a coleira do bichinho na torneira do jardinzinho e deixá-lo ali, com o ar aflito de quem vai ser abandonado, o coitadinho.

Entramos e ele não me ofereceu sentar-me, nem tomar nada. Pegou a falecida secretária eletrônica e, destramente, arrancou-lhe o chip, depois de comprovar que a máquina efetivamente tinha encerrado a sua pacata existência. Colocou o chip na sua máquina, que era igualzinha, reiniciou tudo e começou a ouvir.

Nunca imaginei que pudesse haver tantas mensagens gravadas ali, sem o meu conhecimento. Havia de tudo: recados da secretária do meu-ex-chefe, a loira simpática e gostosa dos meus pecados, várias mensagens da minha mãe, chamadas de primos que convidavam para casamentos e churrascos, da minha ex-mulher quando ainda era minha mulher, enfim, o diabo. Tinha até umas duas mensagens do meu amigo, breves, do tipo "sou eu, dá para me ligar no celular, estou te esperando aqui". O meu amigo escutava tudo com o ar imperturbável, gesticulando de vez em quando como quem diz "e aí? qual que é a mensagem?", mas sem dizer nada, sempre atento.

Fiquei ali, distraindo-me, estranhando um pouco aquelas mensagens dele, das quais ele nunca me havia falado, mas paciência: quem manda eu não saber mexer em aparelho eletrônico, não saber programar vídeo-cassete, rádio-relógio, essas bobagens? Até que finalmente entrou a mensagem de há pouco.

Era claríssima — seca e precisa, mas claríssima: uma das agências em que eu me havia apresentado atrás de um emprego me estava convocando para uma entrevista, dia tal, tal hora, procurar fulano, tal endereço, tal telefone, levar o CV e documentos, etc. Cirúrgico. Mas claríssimo.

Terra à vista!

Custou-me acreditar no que ouvia e por isso pedi ao meu amigo que a repetisse, uma e outra vez, enquanto eu anotava o recado, um pouco anestesiado pela sensação forte que estava tendo, alguma taquicardia. Ele também pareceu surpreso, mas não disse nada. Ao terminar, ainda se prontificou a dar uma olhada na máquina para ver se a consertava — se a ressuscitava. E atinou com o problema: o meu murro havia deslocado um plugue do lugar. Recolocado o plugue corretamente e ligada a tomada, a máquina fez alegremente o seu "tu-tu-tu" de sirigaita vadia e ficou ali, acesa e de prontidão, pronta a exercer o seu papel de menina de recados, sem qualquer ressentimento.

Ele me devolveu tudo e como que me convidou gentilmente a retirar-me, o que fiz, feliz como um menino que ganha uma bola nova de presente de Natal.

Quem não estava muito feliz era o cachorro, mas, ao ver-me, como que tudo se apagou do seu semblante para deixar apenas lugar a uma imensa, uma contagiante alegria, expressa em pulinhos, pedaladas no ar, tudo. Desamarrei-o e voltei a casa, com uma leveza incrível na alma, apertando de vez em quando o bolso para ter a certeza de que o recado anotado continuava ali, a sacola com a secretária eletrônica golpeando alegremente a perna como pasta de aluno que volta da escola.

38

UMA CONJURA DE BOAS COISAS. Era o que parecia me esperar.

Preparei-me cuidadosamente para a tal entrevista. Na verdade, preparei-me tanto que cheguei a assustar-me. Nunca antes tinha sido assim — preocupado com detalhes, como estava vestido, se o *curriculum* estava bem apresentado, se não faltava nenhum documento, se o meu álbum de peças publicitárias estava impactante, essas coisas.

Antes, não, eu ia de qualquer jeito, de forma propositadamente descontraída, um pouco esculhambada, mesmo, apesar de ter no guarda-roupa caríssimas peças de marca, como a mostrar que, junto com a minha bagagem criativa, iam algumas excentricidades que não caberia aos meus empregadores discutir, apenas aceitar passiva, consoladamente, como parte do pacote maravilhoso que eu lhes oferecia. O meu valor devia ser tanto que compensava todas as esquisitices que eu pudesse mostrar ou inventar, só para deixar claro que era eu quem dava o tom.

Mas, depois de tanta espera, vendo a conta bancária minguar e sentindo que os laços com o mundo profissional iam ficando mais tênues, bateu-me um certo desespero, confesso, e lá fui eu, como um recém-formado, como um estagiário, a buscar o seu primeiro grande emprego, como se já não houvesse passado por quase tudo o que valia a pena na área da criação publicitária, na minha especialidade, que era escrever textos, manipular a magia das palavras, o poder de convencimento da frase ágil e natural, mas cuidadosamente refletida, atirada como uma tarrafa sobre o consumidor que nada, displicente e incauto, no remanso da sua vida cotidiana. Nisso tudo eu pensava enquanto me vestia — ideias que já havia repetido uma e mil vezes para convencer-me da minha própria importância e genialidade em meio àquela situação um pouco constrangedora que vivia fazia já muitas, demasiadas semanas.

Tudo parecia indicar o bom rumo das coisas. O cachorro me acompanhou saltitante até a porta e lá ficou, disciplinadamente, esperando a minha volta, enchendo-me a vida de propósito, como a recordar-me que o que quer que eu fizesse na rua, ele estaria depois ali à minha espera, sem perguntas, sem desconfianças, sem censuras, sem cobranças, pedindo apenas um cafuné ou uma palavra amiga — amiga, não, qualquer palavra, desde que pronunciada no tom correto de afeição:

— Parafuso! Capivara! Salaminho defumado!

Qualquer coisa. Não são as palavras que contam, é a intenção com que são proferidas que faz, no fundo, a alma da comunicação. Eu o chamava de "parafuso" e ele inclinava alegremente a cabeça, em sinal de divertida interrogação, de simpática resposta ao meu chamado despropositado, mas afetuoso.

O elevador, que não estava ali espiando-me com o seu olhar triste da janelinha solitária, chegou rápido e desceu ao térreo sem parar, suave, macio. Depois, foi o porteiro solícito, que me desejou boa sorte com uma ponta de cumplicidade no olhar, certamente ao ver-me sair assim tão apuradamente vestido, tão chique e elegante, tão de bem com a vida, um "vencedor, mesmo que ainda sem as batatas", como alguma vez escutei aquele meu amigo dizer de si mesmo.

Um chato!

Também foi a sorte de pegar um táxi sem nenhuma espera, limpo, cheiroso, agradável, com ar condicionado e um motorista educado que em momento algum tentou forçar uma conversa sobre o tempo ou a violência da cidade. No rádio — que, para grande e positiva perplexidade minha, estava sintonizado na única estação de música clássica que a minha gigantesca cidade se permite ter —, começou sem mais nem menos a tocar um concerto para harpa de Haendel, uma coisa divina, um coxixo de Deus ao ouvido...

Cheguei e tudo se passou tão bem que nem parecia real, tão forte era o contraste com tantos dias de extenuante espera, de desoladora embriaguez, de grande e incontornável desesperança.

Um passeio.

Apresentei-me, comentei detalhadamente o meu rico C.V., mostrei-me flexível e disposto — enfim, parecia um modelo de entrevista de primeiro emprego. Fiquei exultante e ouvi como um cuprimento, já, a notícia de que me chamariam dali a alguns dias para dar o resultado da entrevista e "eventualmente também iniciar os próximos passos".

Saí dali enlevado com a situação, parecendo-me que havia custado barato, até — que da demissão humilhante que relatei antes até aquele dia glorioso houvessem passado apenas algumas poucas semanas, difíceis, é certo, mas que, no entanto, agora, já faziam apenas parte de um doloroso, mas efêmero e instrutivo passado.

Voltei a casa a pé, como costumava fazer nas ocasiões em que a excitação do momento era tamanha que eu parecia não caber em mim de contentamento — não podendo caber em mim, com um ego daquele tamanho, que dizer em um modesto táxi...

Cheguei e o cachorro estava disciplinadamente, como eu disse, esperando por mim à porta, para mais uma exagerada cena de bíblico afeto, de entusiasmada e incondicional amizade e lealdade. Pela enésima vez, já, fui buscar a sua coleira e saí com ele também disciplinadamente pelo elevador dos fundos. Como um reflexo sem sentido, ainda fui verificar no outro *hall* se o elevador social permanecia no meu andar, espiando-me pela janelinha, como tinha o hábito sinistro de fazer muitas vezes, mas ele já se tinha ido de novo. Parecia ter-se desinteressado de mim, de me seguir, de me assombrar. Uma conjura de boas coisas, de fato.

39

Não demorou muito e voltaram a me chamar da tal agência para uma nova conversa. Fiquei exultante e, desta vez, arrumei-me cuidadosamente para parecer um pouco displicente, elegantemente blasé, e esperei ansiosamente que a hora se aproximasse.

Como o tempo demorasse a passar, levei o cachorro para dar mais uma volta pelo bairro, a fim de matar um pouco o tempo e disfarçar o meu incontrolável nervosismo.

Ao meu chamado, o bicho primeiro fez que não entendeu, pois de fato tinha saído fazia pouco e, na sua metodologia, podia parecer que não fizesse sentido a movimentação que eu estava fazendo e que deve ter-lhe soado a um engano. Tive de chamá-lo um par de vezes até que ele desse o ar da graça, vindo lá de dentro do armário que havia adotado como o seu ninho para as sestas do começo da tarde.

Ele apareceu no corredor com aquele ar de quem diz, seguro e soberano:

— Eu vou, mas é bem devagarinho.

Chamei-o de novo e ele veio, muito lentamente, tomando todo o seu tempo, dando-me a impressão de que repetia, baixinho:

— Bem devagarinho.

Só para mostrar quem tem a última palavra.

Veio, caminhando com infinita graça. Peguei a coleira, sacudi-a para fazer o barulhinho habitual, ele enfim percebeu o que o esperava e só então mudou a fisionomia para aquela expressão de incontida alegria, plena de reconhecimento, uma coisa um pouco mágica, como se o sentido todo da vida pudesse se resumir a uma volta no quarteirão. Ou, então, que fosse capaz de fazer caber em uma volta no quarteirão toda a alegria que a vida é capaz de produzir, para viver aquele momento com plenitude. Quanta sabedoria! Era preciso um cachorro branco das patinhas curtas para perceber-se isso.

Bem, saímos e daí tudo seria igual a sempre (embora a alegria e o ar de confiança do bicho parecessem únicos e irrepetíveis), se não fosse por um pequeno incidente, que me encheu de pressentimentos um pouco depois e quebrou a minha recém-readquirida segurança.

É que, tendo por objetivo único matar o tempo, abaixei a guarda e acabei por tomar na rua aquela direção que no princípio me pareceu que atraía o bicho, e de que eu falei antes com alguma estranha inquietação. O cachorro encaminhou-se resolutamente, como era seu costume, percebendo a minha liberalidade.

Não deu um minuto e uma pessoa em quem a minha miopia e a minha distração me impediram de reparar no princípio veio se aproximando de nós com um certo ar de familiaridade. Quando me dei conta, vi, primeiro, que ela era uma mulher jovem, na casa dos 20 e poucos anos, que já estava praticamente ao nosso lado e que era uma linda mulher, dessas que semelham uma aparição, vaporosas na sua beleza a um tempo etérea e dolorosamente sensual.

Ela foi-se abaixando e disse alguma coisa como "que lindo, ele parece o meu Charlie, mas com um corte diferente".

Foi o que ela disse e eu meio que entreouvi, perplexo com a sua beleza, que me deixou um pouco paralisado e intimidado, sem me dar conta muito bem do que estava acontecendo.

Notei, porém, que o cachorro se agitou estranhamente, abanando o rabo de uma forma tímida, que me pareceu culpada, temerosa. Na ambiguidade da minha situação – dividido entre olhar o que se passava com a menina e o cachorro e reagir ao que não se passava entre mim e a menina –, pareceu-me que o bicho também ficou presa de uma hesitação, entre afastar-se ou submeter-se ao afago que lhe era oferecido, o sortudo.

Ficamos ali, naquela situação meio esdrúxula, a menina agachada na rua agradando o cachorro, o cachorro meio hesitante entre render-se aos afagos ou sair correndo – a sua expressão me lembrou vagamente aquela do episódio da toalhada no moscardão na cozinha –, e eu, de pé, segurando a coleira, com cara de idiota, embevecido com a moça, mas constrangido com a cena e ainda mais com o solene desprezo com que ela me tratava enquanto ficava ali, acariciando o relutante animal, o meu cachorro:

— Você parece tanto o meu Charlie!, repetiu ela, com um ar de tristeza.

Uma sombra passou pelos meus olhos e eu não pude evitar a pergunta:

— Você perdeu um cachorro chamado Charlie aqui por perto?

Ela me olhou com espanto, como se se desse conta, pela primeira vez, de que eu estava ali. Alô-ô! Eu gosto de quem fica conversando com o cachorro da gente e só se dá conta de que tem um dono na ponta da coleira muito depois.

— O meu se chama Puppo, completei, rápido, depois de hesitar um pouco enquanto buscava na memória um nome que parecesse verossímil para um cachorro, sem cair no ridículo do Totó ou do Rex.

Não me ocorreu mais do que o nome do meu advogado, o doutor Puppo, mas, também, quem iria saber?

— Oi, Puppo, ela disse, com um encanto infinito, acariciando-lhe a cabeça, enquanto o cachorro se abaixava e olhava para o outro lado, ressabiado, sem perceber que agora se chamava Puppo e que devia ter reagido com um pouco mais de entusiasmo cooperativo a tão doce menção do seu nome.

E ela continuou, deixando claro que havia percebido o que eu lhe dissera:

— Não, eu não perdi o meu Charlie, eu devolvi o bichinho para a loja porque eu não podia mais cuidar dele, com tanto compromisso no meu trabalho. Ele já tinha dois anos. Eu sou modelo.

— Dá para ver, eu emendei logo, mas me arrependi em seguida, pois não ia começar ali a achar que uma modelo me ia cair assim, do céu, "de mão beijada", como diz a minha mãe E além disso eu tinha um compromisso. *First things first*, já dizia o meu velho livro de inglês do colégio.

— Ele era terrível, o coitadinho, teimoso, eu acho que eu não fui uma boa dona para ele, completou ela, outra vez com um sorriso triste que me incomodou, primeiro, e em seguida me ateou um fogaréu no coração.

— Que nada, essas coisas acontecem, ele deve ter achado uma boa casa para ele. O meu, não, ele dá muito trabalho, também, mas eu dou um jeito, nós somos bons amigos, né, Charlie?, completei, acariciando o lombo do meu bicho.

E emendei, para ver aonde conseguia chegar:

— Você mora onde?

— Aqui perto, respondeu ela, mas já olhando o relógio. Nossa, eu estou atrasada. Tchau. Você não disse que ele se chama Puppo?

Devo ter feito uma soberana cara de palerma:

— Claro, é que você disse Charlie e eu me atrapalhei, porque também não é sempre que... Bem, você não tem um telefone, um celular, um walkie-talkie, um tambor, qualquer coisa em que eu possa chamar você?

Ela hesitou um momento:

— Não...

E emendou:

— Mas eu posso dar o telefone do meu namorado — ele vai gostar de conhecer você, disse ela, maldosamente, destacando bem as palavras com a sua bonita dicção.

Quem manda?

— Que nada, bondade a sua, ainda consegui arrematar. Eu não devo ser o tipo dele...

Fiquei olhando a menina atravessar a rua e desaparecer na esquina, e só então me lembrei do cachorro, que me deu um puxão, como que querendo encerrar o episódio todo e retomar o caminho, e me fez perder o equilíbrio e cair de mau jeito, esfolando feio a palma da mão direita no chão da calçada decorada de pedrinhas portuguesas.

A minha primeira reação, depois de sentir o ardido da esfoladura, foi olhar para ver se a menina tinha notado o tombo; mas não, ela já tinha desaparecido, mesmo, misteriosa e distante como na sua aparição imprevista e incômoda.

E só então eu me dei conta de que podia ter-lhe perguntado se ela tocava piano. Ia parecer uma pergunta idiota, se ela não tocasse, mas teria sido um risco que valia a pena ter corrido. E se ela tocasse... bem, se ela tocasse, eu não sei o que eu ia dizer depois.

40

Não sei o que me aborreceu mais, se o tombo e a mão esfolada, se o encontro estranho com a menina que disse ter tido um cachorro igualzinho que se chamava Charlie e que parecia ser o meu, se ter esquecido de perguntar se ela tocava piano e o tal cachorro gostava de ouvir ou se o soberano desprezo com que ela me tratou. O certo é que eu vi naquilo tudo, agora, uma conjura de maus agouros que não me agradou nem um pouco.

A mão ardia muito com a esfoladura – sabe como é, não é? –; eu havia sujado um pouco a calça e ainda fiquei me censurando porque dei um puxão irritado na coleira para controlar o cachorro ou puni-lo pela minha queda torpe. Ele me olhou perplexo e sentido e imediatamente me fez recuar na minha atitude hostil e desmedida. Acariciei-o de forma culpada, implorando com o olhar que me perdoasse, o que ele fez, rápido, feliz da vida.

– Que bom bicho, eu disse em voz baixa.

Distraí-me pensando em como também me incomodava sempre aquele tipo de encontro um pouco irreal com uma mulher de formas e encantos etéreos, demasiado perfeitos para serem de carne e osso, a namorada de alguém, o caso de um cretino-bocão qualquer, que a use um tempo e se desfaça dela depois, indiferente à dor que lhe cause ou à frustração que lhe provoque. Um encontro irreal, mas nem por isso menos doloroso na sensação de vazio que deixava depois, na memória provocante que permanecia ainda por algum tempo, na dúvida sobre se o que se fez ou se deixou de fazer poderia ter sido mudado para melhor, poderia ter dado mais substância àquela matéria de ficção que desfilou momentaneamente diante dos olhos.

Depois, pensando melhor, fiquei mesmo impressionado foi com aquela conversa um pouco melosa sobre o cachorro Charlie e com o que me pareceu a estranha reação do meu cachorro, como se ele tivesse reconhecido a dona – a ex-dona – e tivesse reagido da forma como devia reagir ao apanhar dela por alguma bobagem que havia feito ao ter ficado abandonado em casa o dia inteiro, entregue à própria sorte, à espera infinita que às vezes é a vida de um bicho desses, que só tem o dono por afeto, por interesse ou por referência na vida.

Retraído e um pouco humilhado com a situação toda, ainda perambulei por ali por uns minutos indefinidos, até que resolvi olhar o relógio e notei que era tempo de ir-me dirigindo para a agência.

O meu entusiasmo, contudo, estava muito diminuído, como se o incidente lançasse uma sombra em toda a volta – como se necessariamente dali só pudessem decorrer coisas ruins. Alguém disse uma vez que a paranoia é a capacidade de estabelecer elos de ligação entre todas as coisas.

A paranoia ou a superstição, não lembro mais.

Bem. Deve ser isso, porque não deu outra coisa.

O cachorro ficou meio jururu, não sei se porque se sentia culpado pelo anticlímax do nosso imprevisto passeio, ou se estava afetado pelo encontro que lhe trouxe à lembrança alguma imagem ou sensação de um passado que só podia ser recente e doloroso. Ou vai ver ele estava impressionado pela minha própria imagem de desconsolo, como se quisesse solidarizar-se na depressão, deprimindo-se por sua vez, que essa muitas vezes é a solidariedade extrema dos cachorros, dizem, a sua "última grande medida de devoção", para usar umas palavras de Lincoln de que eu gosto tanto e que nunca tenho a oportunidade de citar e agora parece que é uma boa hora e lá vão elas para você.

Vá entender! Os cachorros, não o Lincoln.

Deixei o "animal" ali (lembrei-me fugazmente da senhora gostosona do *pet shop* e não entendi bem por que aquela imagem vinha aparecer naquele momento) e fui desanimado ao banheiro para lavar a mão com água e sabão, num reflexo antigo que recordava muitas esfoladuras de criança e ridículos tombos de bicicleta de adolescente. A esfoladura ardeu muito mais com a lavagem e me incomodou enormemente, causando-me uma grande irritação. Sequei-me como pude, espanei a calça e saí, depois de fazer um carinho no bicho, que ficou quietinho no quarto de vestir e não ousou reclamar da minha saída.

Fiz o percurso até a agência a pé mesmo, como da outra vez, mas com infinitamente menos entusiasmo ou impulso, quase que contando os passos, como se pressentisse alguma coisa, mas depois decidi que não podia me entregar assim, que havia ficado perturbado com o passeio inoportuno de momentos antes e que devia tentar ser um pouco mais afirmativo.

Durou pouco.

Na agência, fui recebido cortês, mas impessoalmente por uma secretária, que me levou à antessala de uma outra sala, em outro andar, reservado à Diretoria, mais acima daquele em que eu fizera a entrevista, e onde se exibia um luxo curioso, impessoal, distante, nos carpetes felpudos e vetustos, nos móveis de couro ainda cheirando a novos, nos lambris sisudos de madeira escura das paredes.

Fiquei ali sentado, sozinho, por um longo tempo, rodeado de um silêncio apenas tenuemente afetado por um barulhinho de ar condicionado que escapava pela grade de refrigeração e pelo tic-tac a princípio impessoal de um relógio de parede, depois mais personalizado à medida que eu emprestava às suas batidas o ritmo de diferentes peças de música. Era uma distração que vinha de longe, das minhas antigas horas de solidão ou de cansaço, amparadas apenas pelo barulho do velho despertador de cabeceira que fazia o mesmo tic-tac implacável também quando eu repousava por causa de alguma doença, a minha asma, uma cachumba, um motivo qualquer daqueles da infância que deixam você solitário no quarto, o olhar perdido, o tempo parado, apenas marcado pelo tic-tac musical do despertador, se a imaginação estiver disposta a ajudar.

Tic-tac, tic-tac. Uma peça de Mozart ou um samba maneiro. Cabe tudo no tic-tac do relógio.

Não sei por quê tive de repente a sensação de que me observavam, mas foi apenas uma impressão, creio, normal nesses momentos de tensão e insegurança que antecedem toda definição de um novo emprego, de outro rumo na vida, de um destino ansiado e diferente, imagino.

Tic-tac, tic-tac.

41

De repente, uma porta grande se abriu no fundo da sala e um sujeito com uma cara impessoal e distante me cumprimentou, amável, mas seco, e me fez um gesto convidando-me a entrar, depois de me estender a mão, que eu inadvertidamente aceitei sem lembrar-me da minha esfoladura. Foi desagradável – ele me apertou a mão mais do que a sua atitude indiferente faria acreditar e eu fiquei ali, incomodado, com a mão dolorida, até que reagi ao seu convite reiterado para entrar.

A sala era imensa, ainda maior que a sala de espera, e mobiliada de forma também vetusta, embora moderna. O ambiente era meio sufocante porque as janelas eram de vidro grosso, hermeticmente fechado – o ambiente parecia mais o de uma câmara de laboratório, inteiramente artificial, isolada do mundo exterior pelos vidros e pelo ar condicionado com o seu barulhinho discreto, mas onipresente, sem a variante do relógio, contudo.

Fiquei ali meio sem jeito até que ele me convidou a sentar-me e começou a falar, com a voz macia, mas distante, cirúrgico.

Era um diretor da agência, estou certo, e alguém que eu conhecia e que, desconfiei, conhecia-me também, de longe. De ouvir falar, pelo menos. Mas ele ficou impassível e eu me recolhi a uma antiga timidez.

Ele disse que o meu *curriculum* tinha agradado muito e que a decisão da diretoria tinha sido, em princípio, a de me contratar, mas havia surgido uma complicação que os levou a rever a sua decisão em favor de um outro candidato, menos laureado, mas que, por um salário menor, preenchia plenamente as expectativas.

– Ou seja, que eu sou *over qualified*, interrompi, um pouco esnobe, mas preciso – cirúrgico, como parecia ser a moda –, tentando pôr ordem nas ideias.

— Exato, disse ele, como que agradecido por eu ter encontrado a explicação que lhe escapava. Achamos que o seu *curriculum* é excelente, mas que na verdade está acima daquilo que precisamos ter aqui e por isso decidimos deixar para uma outra oportunidade...

Devo ter feito uma cara tão expressiva da minha desolação interior que ele se sentiu obrigado a parar e a oferecer-me qualquer coisa de tomar, que eu recusei com um aceno vago. Mas ele insistiu e de qualquer forma a educada servente de uniforme já tinha entrado na sala e eu acabei aceitando um café. Há certos gestos que não me cansam de surpreender pela sua inutilidade, pela sua falta de propósito. Um deles é esse de oferecer algo para tomar quando a conversa já tratou do que era essencial.

Ninguém tem tempo para perder.

Ainda encontrei o jeito de dizer, para preencher o tempo adicional que aquele café despropositado estava gerando:

— Mas eu não me importo, se a questão é o salário eu posso trabalhar por menos, o importante é a oportunidade...

Ele não estava preparado para tergiversar ou buscar um compromisso. Cortou-me e o que ele disse já não tem mais importância. Algo como "se surgir uma oportunidade você é o primeiro da lista", ou algo assim. Uma besteira, pois a oportunidade já tinha surgido e estava sendo fechada naquele preciso momento.

— Quer dizer então que vocês já encontraram outro candidato?, perguntei, redundante, num último esforço para tentar ver se ainda extraía algo daquela inútil conversa.

— É, reconheceu ele, como eu disse, apareceu um candidato, não tão distinto como o Senhor, não com esse *curriculum* tão impressionante, mas é o que a diretoria prefere, por agora — ainda se desculpou ele, visivelmente constrangido (tudo tem limite, imagino!).

— Então, por que é que vocês me chamaram?, ainda alcancei lançar, da porta, como se o que ele pudesse me dizer ainda servisse de algo.

Ele pareceu embaraçado e eu resolvi não insistir. Apenas evitei dar-lhe a mão, outra vez, quando ele quis me cumprimentar de novo, para despedir-se. Em vez do cumprimento, recolhi a minha mão na altura do ventre e protegi-a com a mão esquerda, balbuciando um constrangido agradecimento, um "até logo" falso e sem sentido. Não era por nada, não, apenas queria evitar a dor da esfoladura outra vez. Ele deve ter achado que era soberba, mas não era.

Dessa vez, não era.

Fiquei ali na antessala, meio perdido, até que uma secretária amável apareceu e se ofereceu para me acompanhar até o elevador. Dei-lhe um sorriso triste quando ela me perguntou, muito discreta, se tudo tinha ido bem:

— Foi bem, sim, disse-lhe, mas não para mim. Nem sei por que me chamaram aqui, se era para dizer que não precisavam de mim.

Ela me olhou com um olhar visivelmente desolado, cheio de simpatia e resignação, e lá me fui eu, pelo elevador abaixo, em um percurso que pareceu não ter mais fim e me devolveu à rua, em pleno meio da tarde, toda aquela gente me olhando e achando que eu estava à toa, que devia estar trabalhando, que "onde já se viu"?

Paranoia é isso.

42

POR ALGUMA RAZÃO, NÃO ME SURPREENDI quando, pouco depois, confirmei, meio por acaso, que quem pegou o tal emprego — o meu emprego — foi o meu amigo dos conselhos inúteis, em uma verdadeira conspiração.

Uma "conjura", como eu fiz questão de dizer há pouco.

Uma conjura de filhos da puta, se quiser.

Na verdade, nem lembro mais muito bem como foi que eu fiquei sabendo. Acho que, ao chegar a casa, voltando do tal encontro frustrado e depois de ter tido que corresponder de alguma forma à explosão de alegria e afeto do cachorro Charlie — ou como se chamasse no momento —, a minha segunda reação, após servir uma dose dupla de uísque, foi a de telefonar para o tal amigo, para contar-lhe a desgraça pelada que me havia acontecido.

Ele foi, como sempre, indiferente, mas de uma indiferença que, pela sua voz, por alguma coisa misteriosa, pareceu-me desta vez algo afetada. Não sei, talvez tenha sido uma leve, quase imperceptível hesitação na sua primeira reação, ou uma pergunta que demonstrava algo mais de interesse sobre o que ocorreu na agência, momentos antes, do que aquilo que o seu proverbial alheamento de sempre pudesse a rigor admitir. Sei lá. Uma intuição. Estava ainda falando quando me veio uma sensação estranha, uma desconfiança, a horrível suspeita de que o emprego tinha sido dado a ele, que ele me havia passado a perna, depois de ter escutado a mensagem com a dica sobre a agência que buscava um redator.

E eu desliguei, decidido a nunca mais ver ou ouvir aquele filho da puta.

Fiquei parado algum tempo, sem poder verbalizar a minha inquietação, enquanto o cachorro fazia toda sorte de gestos para chamar a minha atenção e recordar-me que era hora de descer e não de tomar uísque, fazer inúteis telefonemas ou elaborar estúpidas conjecturas.

Deixei o uísque ali, intocado, quase, e lá fui eu com uma pachorrenta resignação, para o passeio regulamentar, impressionado com a forma pela qual o bicho me trazia de volta à vida e a certas rotinas impreteríveis que ajudam a ordenar as coisas e a recolocar tudo em perspectiva.

— Que bom bicho, exclamei outra vez em voz baixa, enquanto descia disciplinadamente pelo elevador de serviço, o cachorro sentado ao meu lado, atento a cada ruído que ia anunciando a descida, andar por andar, até aquela diminuição da velocidade que anuncia a parada próxima e que sempre provocava nele, invariavelmente, que as orelhas ficassem de pé, primeiro, e logo a seguir ele mesmo, inteiro, teso, atento, determinado, enquanto a porta se abria.

Saímos e foi muito agradável estar ali fora, naquele entardecer cheio de luminosidade, cores e sons do meu bairro, sem outra preocupação que não a de assegurar-me de que o cachorro andasse o seu tanto regulamentar, o seu roteiro de infindáveis cheiradas aqui e ali, inexplicáveis para mim, mas certamente plenas de racionalidade canina que se perdia na noite dos tempos. Aproveitei para repassar na cabeça as demais oportunidades de emprego que ainda flutuavam à minha volta e decidi, em um gesto único, que ainda valia a pena ter alguma esperança, que era questão de tempo.

Talvez, no fundo, afinal, o tal diretor me estivesse fazendo um favor ao não me contratar para a função menor que eles tinham previsto e para a qual eu era obviamente sobrequalificado. Decidi que era um gesto de respeito por mim e tentei encerrar por ali aquela busca, certo de que tinha encontrado o meu caminho.

Simples, não é?

Voltamos para casa, o cachorro e eu. Ao chegar, em vez de ir direto para o copo de uísque — que estava todo suado pela condensação e tinha uma aparência desagradável com o gelo meio derretido dentro (parecia que eu notava pela primeira vez como é ruim uísque com gelo derretido, ficam umas bolhinhas de ar e uma cor idiota de xixi fraco) —, fui trocar a água do "animal" e dar-lhe a sua comida. O seu "alimento". Fiquei um pouco com ele até que engrenou a comer, com um prazer simples, mas sincero, no gesto.

"Que bom bicho", repeti-me, em voz baixa, como se o estivesse seguidamente descobrindo.

Depois, indiferente à minha esfoladura na mão, sentei-me ao piano e toquei, longa, despreocupadamente, rememorando velhas peças que foram saindo simpaticamente do movimento dos meus dedos, nada de extraordinário, não, mas com um quê de grande realização — pura, estritamente íntima, como convém a quem toca bissextamente sem qualquer pretensão, apenas pelo prazer que é comandar um piano e produzir música, mesmo da mais simples — essa forma de externalizar a vida interior que a gente tem.

O cachorro veio lá de dentro e se deitou embaixo do banco com a cabeça entre as patas e ali ficou, primeiro atento, depois ressonando, confortável, de bem com a vida, como era razoável.

O tempo parou de andar e eu só me dei conta quando a campainha tocou de forma estridente, forte, impaciente – terminante.

Temendo ser o zelador ou o porteiro solícito com uma reclamação de algum vizinho por causa da música fora de hora, levantei-me e fui abrir a porta, um pouco aborrecido por ter tido de interromper o meu devaneio musical que tanto bem me estava fazendo.

43

ERA O MEU AMIGO – O MEU EX-AMIGO. Estava visivelmente incomodado e me surpreendeu com a seguinte frase, antes mesmo de eu dizer qualquer outra coisa:

— Eu queria te explicar...

— *"Never explain, never complain, never apologize..."*, eu o cortei, indiferente a qualquer explicação que agora ficaria supérflua.

Mas esclareci:

— Tudo bem, eu não devia ter levado a secretária eletrônica para você escutar as minhas mensagens... A gente aprende cada uma!

Ele balbuciou um comentário lá, algo sobre ter a certeza de que eu era *over qualified* (assim mesmo, em inglês, como eu havia dito, aliás, lá na agência) e que logo encontraria algo, mas eu não liguei importância. Não dar atenção, não responder pareceu-me a melhor forma de mostrar o meu desprezo, de ter ali uma pequena, vingativa, passageira, mas decisiva vitória.

Em vez de prestar atenção no que ele insistia em dizer, notei que o elevador continuava parado ali, espiando-nos com o olhar inquisidor da janelinha triste, e deu-me uma sensação desagradável voltar a sentir a inquietação vaga que aquela janela indiscreta me causava.

Não sei por quê, em uma sucessão de ideias, veio-me à cabeça aquela antiga frase – aquela, que me acompanhou por anos a fio nos meus trajetos de ônibus de casa para a escola e da escola para casa, e que dizia "Fale ao motorista somente o indispensável". Eu já falei dela. Achei que era uma grande frase, afinal, e repeti-a mecanicamente, com um ar de alheamento, para grande, imensa, deliciosa perplexidade do meu ex-amigo:

— "Fale ao motorista somente o indispensável."

A frase, que agora soou malvada e impertinente, pareceu atingi-lo mais que qualquer outra coisa que eu pudesse conceber.

Ele fez um gesto perdido, amplo, vago, desconsolado – um gesto de derrota –, e se despediu de mim sem dar-me a mão, porque eu instintivamente a recolhi, protegendo-a de novo com a mão esquerda, não para tripudiar sobre ele, mas porque me lembrei da minha esfoladura que ainda ardia.

Quando ele já havia aberto a porta do elevador e se dispunha a entrar nele, eu aproveitei para dar o golpe final, que me veio em uma súbita iluminação, em uma inspiração marota, em um lampejo de genialidade e intuição, um pouco mesclado de maldade, que era o que me restava ali:

— A minha mulher, a minha ex-mulher, respondeu aquelas tuas chamadas ou vocês já tinham terminado naquela altura?

Ele me olhou com um ar entre surpreso e desconsolado e entrou no elevador, depois de sacudir a cabeça ligeiramente, mas sem dizer nada, nada.

A porta ia-se fechando.

— "O lado escuro da Lua", lembra-se?, ainda consegui provocar, quase gritando-lhe no *hall*.

Então ele segurou a porta, colocou a cabeça de fora com um ar profundamente triste e, como pedindo desculpas, ainda me disse:

— O lado escuro, não. O lado oculto.

Um chato. Até numa hora daquelas, um chato.

A porta se fechou e ele se foi, sacolejando, com aquele ruído de solidão que fazem os elevadores que se afastam do andar, quando a gente presta atenção neles.

Nunca mais voltei a vê-lo.

Filho da puta. Soube que perdeu o tal emprego muitos meses depois, em consequência de uma bobagem, outra de tantas armadilhas que ele gostava de preparar para os outros e para si mesmo.

Parece — foi o que me disseram — que ele acabou fazendo uma grande amizade com o Presidente da tal agência, que infelizmente era dado a literato nas horas vagas e produziu lá um segundo romance — ele já havia estreado antes, sem maior impacto, como costuma acontecer. Ele então pediu ao meu amigo — o meu ex-amigo — para ler e comentar o tal romance, dada a fama de grande conhecedor da literatura que ele tinha.

Animado pela confiança e vendo nela mais uma oportunidade de consolidar a amizade e a posição na agência, o meu amigo leu sofregamente a obra, de umas trezentas páginas em inverossímil espaço um, com a ideia, imagino, de logo voltar ao chefe com uma impressão positiva, cuidadosamente elaborada e voltada a obter múltiplos resultados mutuamente satisfatórios.

Ele era assim. Todo filho da puta é filho da puta cem por cento do tempo. Não se iluda. E são tão filhos da puta que muitas vezes deixam você com a dúvida se são mesmo ou se é você quem é intolerante...

Quando, contudo, foi anunciar que havia terminado, o chefe, antes mesmo de que ele pudesse aventurar uma palavra de elogiosa e bem construída crítica, não achou nada melhor para dizer do que:

— Terminou? Que puta romance, hein?

Insensível ao perigo em que se havia metido, desavisado quanto à potestade dessa afirmação, não percebendo a inutilidade de qualquer argumento contra um juízo desse porte e dessa veemência, emitido pelo próprio autor da obra em julgamento (ainda por cima o chefe e patrão), e, imagino, legitimamente incomodado com tamanha falta de modéstia (ele que costumava reservar qualificações dessa magnitude — ainda que nem sempre com esse palavreado chulo — apenas para Cervantes, Goethe, Proust e Faulkner, para citar uns poucos eleitos), o meu amigo acabou sendo um pouco mais sincero do que certamente havia pretendido ao aceitar a empreitada e, com evidente instinto suicida, fazendo tábua rasa do seu caráter cheio de refolhos, tentou matizar perigosamente o pretensioso autojulgamento do chefe.

Este, por sua vez, foi ouvindo tudo com o semblante cada vez mais fechado, mas o meu amigo, que embarcava nessas aventuras verbais sem prestar atenção a detalhes faciais ou gestualísticos da audiência – um movimento de impaciência, um olhar perdido, um bocejo, um tique nervoso, um soco na cara –, foi em frente, emendando com a sua famigerada "teoria da metralhadora na literatura" (com a qual eu concordo, aliás, diga-se de passagem), segundo a qual (e cito de memória uma carta que ele uma vez me escreveu, há muitos anos, quando estávamos ainda na Faculdade):

> A literatura produz autores e obras em muito maior número do que o necessário, para assegurar um fluxo obrigatoriamente restrito de obras-primas e autores imortais, bastando, como na metralhadora, que, de uma rajada sustentada de obras e autores, apenas um ou dois tiros acertem o alvo de vez em quando. Outros tiros pegam de raspão e viram 'best-sellers'. Todos os outros, a imensa, a assustadora, a dolorosa e triste maioria, viram 'balas perdidas', prontas a acertar um leitor incauto, um editor desprevenido, um crítico fora de foco, um sebo ganancioso, o destinatário de uma dedicatória de dia de lançamento, um amigo presenteado de última hora, ou então se perdem no vazio infindável do anonimato – 'balas perdidas' atiradas por traficantes de relatos e ideias, que deveriam nunca ter acesso a um gatilho, isto é, a um teclado de computador, essa forma moderna e terrrível que assumiu a outrora nobre pluma de ganso, quando escrever era mesmo um trabalho de ourives das palavras e a metralhadora da literatura muito menos potente e rápida, muito mais certeira e acurada na mira.

Foi mais ou menos isso que parece que ele disse e o chefe lá escutou, imagino com que cara de satisfação íntima... Corajoso, o meu amigo – o meu ex-amigo.

A coragem é isso! Meus parabéns!

Nem mesmo a despedida entre dentes do chefe, sem qualquer comentário sobre o que ouvira, serviu-lhe de advertência para o fato de que algo se havia rompido na amizade recém-consolidada e na posição recém-conquistada. Em semanas ele estava na rua, sem apelação, estou certo de que injustamente, do ponto de vista das suas competências objetivas na publicidade, o que acrescenta dramaticidade ao desfecho.

Filho da puta.

44

O LADO ESCURO DA LUA, O LADO OCULTO DA LUA. O outro lado da Lua, em todo caso. Quantas vezes eu o terei visto na vida sem perceber?

Não saberia dizer. De qualquer forma, depois desse episódio, foi preciso apenas esperar a vida retomar o seu curso. Sem grandes emoções, sem grandes traumas, como convinha a quem ia docemente amadurecendo depois de uns acidentes de percurso — um emprego que se perde, um casamento cheio de desamor, um apego desmesurado ao uísque, o "melhor amigo" que repentinamente revela ter "refolhos na alma", a "fadiga da agitação sem finalidade" de relações passageiras e vazias, um bicho branco das patinhas curtas que chama você de volta à vida.

Mas, se quer saber, não aconteceu muita coisa mais, mesmo, não.

Uma, duas, três tentativas, e o meu novo emprego acabou aparecendo, fazendo-me pensar em quão estúpido havia sido o meu naufrágio existencial por ter perdido um trabalho que já não me dizia nada. Bastou um pouco de reequilíbrio na existência — está bem, e um cachorro que me chamou de volta às expressões mais simples da vida, como sentir alguma ternura ou ter de ocupar-me de alguém — e as coisas retomaram o seu rumo.

Um bom rumo, mas nada de surpreendente, no fundo. Não foi nenhuma Revelação, nenhuma história edificante, nenhum grande exemplo a dar. Nada. Apenas a ordem natural das coisas. A fórmula mais simples. Daria até um livro de autoajuda.

Continuo achando que o uísque é o cão engarrafado, mas sinto apenas um prazer finito ao prová-lo de vez em quando, com uma moderação que tem menos de exemplar do que de covarde temor a uma cirrose, com que me ameaçou de forma simples, direta e convincente o meu médico, quando me animei a vê-lo. Não foi nenhuma conversão, não, nenhuma história de inspirar alcoólicos anônimos. Foi apenas o medo de acabar mal, muito mal. A covardia também faz milagres na existência humana, também é uma tremenda autoajuda.

Você poderia me perguntar, por exemplo, o que aconteceu com a minha mulher, ou ex-mulher, e eu teria de dizer, constrangido por não poder satisfazer a sua curiosidade, que eu não faço a menor ideia, e que é melhor que assim seja. Se já não sabia muito o que acontecia com ela quando vivíamos juntos, e talvez por isso – certamente por isso – é que nos separamos, o que dizer agora, que ela foi refazer a sua vida com alguém melhor que eu, espero (o que não é difícil, aliás, diga-se de passagem), e que tenta recuperar o tempo perdido ao meu lado, porque todo mundo tem de ter uma segunda chance.

Aliás, eu mesmo tento recuperar o tempo que perdi ao lado dela – não todo o tempo perdido, certamente, que esse nunca volta, mas, digamos, pelo menos uma parte dele – algo, alguma coisa, um pedacinho, agora que eu percebo que cada dia que passa é um dia a menos para viver, que essa é a lição última da vida: a gente cada vez tem menos tempo para perder, mais *curriculum* e menos *vita* pela frente.

A secretária loira da outra agência de publicidade é hoje a minha mulher. A minha segunda mulher. Uma história de amor bonita e serena, sem arroubos, sem lances sensacionais, apenas o curso sábio das coisas, quando se deixa que sigam o seu curso. É ela que vem vindo ali, vê?, com aquele barrigão, linda, "com o seu filhinho a tiracolo". O menino que lhe dá a mão, pequeno ainda, é o meu primeiro filho com ela, filho de pai mais velho, rejuvenescido pelo milagre que é a vida que se reproduz e projeta no futuro — mesmo muito incerto — o que somos e sentimos, dando um sentido último, único, a tudo.

O cachorro correndo atrás é o Charlie, ou como se chamasse, mas ficou sendo mesmo Charlie, só para não desafiar o destino. O cachorro branco das patinhas curtas. Todos nós fomos adotados por ele, um a um. Já está mais velho, mas não quero nem pensar ainda como será quando tenha de nos deixar. Dói só de imaginar, mas por enquanto não vai acontecer. Não vou atravessar essa ponte antes de chegar a ela. De vez em quando ainda perco-me em indagações sobre o que se esconde por trás desse bicho, qual a sua história antes de que resolvesse ser personagem na minha própria história. E afasto o pensamento com um gesto vago, porque há vezes em que é bom lembrar que existe o outro lado da Lua, e há vezes em que é apenas desnecessário, inútil.

Era o que eu queria lhe contar. E se você chegou até aqui, acho que valeu a pena.

Este livro foi impresso na Edigráfica.
Rua Nova Jerusalém, 345 Bonsucesso, Rio de Janeiro, RJ.